Tales of Vesperia

テイルズ オブ ヴェスペリア

I

下町で盗まれた魔核《コア》を追って、城で助けた
エステルと共に帝都を旅立ったユーリ。
自分の信じた正義を貫く
ユーリの冒険が、今始まる！

Tales of Vesperia

Tales of Vesperia
「ちょっと。ちんたら歩いてないで。
急いでるって言ったでしょうが」
前を行くのは、大きな斧を担いだ
少年カロルと、魔導士リタ・モルディオ。
もちろん、叱り飛ばしてきたのは
少女リタのほうである。
ユーリは軽く頭をかいた。

テイルズ オブ ヴェスペリア I

著/岩佐まもる
原作/バンダイナムコゲームス

角川文庫 15544

CONTENTS

Tales of Vesperia
テイルズ オブ ヴェスペリア

I

MAIN CHARACTERS

レイヴン

行く先々でユーリたちの前に現れる神出鬼没のおっさん。飄々とした態度で一行を振り回すが、どこか憎めない。

ラピード

いつもユーリの傍らにいる相棒的存在の犬。認めた相手は決して裏切らない。咥えているキセルは前の飼い主の形見らしい。

エステル

本名はエステリーゼ。上流階級のお嬢様らしく、物腰が柔らかで、世の中に疎い所がある。強力な治癒術の使い手。

Tales of Vesperia
テイルズ オブ ヴェスペリア
ユーリ・ローウェル
下町で、用心棒的な仕事をして自由に暮らしている。口は悪いが困っている人を放っておけず、周りに頼られている。
カロル・カペル
魔物退治専門のギルド「魔狩りの剣」の一員。事情通で、何かといいところを見せようとするが空回りぎみ。
リタ
魔導器の研究にしか興味がない天才魔導士の少女。そのため他人には冷めた態度をとり、歯に衣着せぬ物言いをする。

口絵・本文イラスト／上田夢人
カバー・口絵・本文デザイン／design CREST

Tales of Vesperia

テイルズ オブ ヴェスペリア

I

序

男が見ているのは、世界だった。

さんさんと降り注ぐ陽《ひ》の光の下、なだらかに折り重なる山々の稜線《りょうせん》。行けども行けども広がる青い草原の内側で、流れる小川のように細く伸《の》びた街道《かいどう》が、ゆるやかなカーブを描《えが》いている。草花を揺《ゆ》らしながら渡《わた》る風は、どこまでも澄《す》みきっていて、肌《はだ》に心地《ここち》よい。

だが、一見、平和な風景そのものに感じられるその世界も、現実に足を踏《ふ》み入れれば、様相が一変する。本来は脆弱《ぜいじゃく》な人間の侵入《しんにゅう》を拒《こば》む地。うっそうとした茂《しげ》みの奥で徘徊《はいかい》する多くの魔物《もの》。人は、様々な効果を発現する魔導器《ブラスティア》の助けなしでは、その地を渡ることさえ難しい。世界は美しく、同時に人には優《やさ》しくない——つまり、そういうことだ。

男が立つ小さな丘《おか》を、やや強い風がさっと駆《か》け抜《ぬ》けていった。艶《つや》やかな光沢《こうたく》を放つ男のシルバーブロンドが一度、背後になびき、再び元の位置に戻《もど》る。その髪《かみ》とは対照的な、血の色を思わせる長衣。手にした剣《けん》。柄《つか》から刃先《はさき》にかけて、小さく複雑な模様が彫《ほ》りこまれている。

男の目が風の吹《ふ》いてきた方角にちらりと向けられた。

そこに巨大《きょだい》な街があった。まるで、それ自体が一つの山のようにも見える大きな街。広がった裾野《すその》にごちゃごちゃと家屋が建ち並び、中央にいくに従って建物は大きく立派になる。この世界、テルカ・リュミレース唯一《ゆいいつ》の帝国《ていこく》、その首都ザーフィアス。何より目をひくのは街の頂上、空に重なって浮《う》かぶ鮮《あざ》やかな光輪だろう。四重になって街に覆《おお》いかぶさっている。それこそが、決して優しいとは言えない世界から人々を守る魔導器《ブラスティア》の恩恵《おんけい》。凶暴《きょうぼう》な魔物たちを退ける『結界魔導器《シルトブラスティア》』が放つ光。人はその内側でようやく安心して生きることができる。眠《ねむ》ることができる。たとえ、それが広がりのない箱庭の世界であったとしても。

男の鋭敏《えいびん》な聴覚《ちょうかく》が、かすかに耳障《みみざわ》りな音をとらえた。遠く聞こえる怒号《どごう》と悲鳴。見ると、街の裾野部分、下流階級の人々が暮らす区画で水柱が上がっていた。あふれ出た大量の水が路地に流れ出ている。あちこちの住居から住人が顔を出し、あわてたように噴《ふ》き上がる水柱に駆け寄っていく。

だが、それを離《はな》れたこの丘から見る男の顔にはなんの変化もなかった。深みのある色をした瞳《ひとみ》は、無感動に遠くの騒動《そうどう》を見つめている。眉《まゆ》一つ動かさず、ただ静かに。

やがて、男はまぶたを閉じ、街に背を向けると、丘の先へと消えていった。

＊

青年が見ているのは、下町だった。

ここ帝都ザーフィアスの南側。下町というだけあって、あまり華《はな》のある場所ではない。建ち並ぶ家屋はどれもが質素、悪く言えばみすぼらしく、家屋と家屋の間を伸びる道も暗く狭《せま》い。ついでに、住んでいる人間もそんなに柄《がら》が良くない。少なくとも、紳士淑女《しんししゅくじょ》を気取る人間であれば、こんな場所には近づかないだろう。

だが、それでも青年はこの町が好きだった。確かに土地柄《とちがら》は悪い。大体、帝都ザーフィアスはその周辺部に向かうに従って湿度《しつど》が高く、地盤《じばん》も緩《ゆる》くなる。真夏の蒸《む》し暑さは最悪、中央部の貴族街などと違《ちが》って、あまり大きな家も建てられない。しかし、ここは青年の生まれ故郷だった。柄は悪いが、その実、義理や人情には厚い人々。気兼《きが》ねなく付き合える仲間たち。特権意識丸出しの貴族であふれかえった貴族街や帝城《ていじょう》などより、よほど住みやすい。

生ぬるい風が入り込んでくる窓の枠《わく》に腰《こし》を預け、青年はその下町の景色を眺《なが》めていた。背中まで届く長い黒髪《くろかみ》。顔立ちは整っているが、同時に黙《だま》っていると、どこか不敵なものを含《ふく》んでいるように見える。昔、城の騎士《きし》団に所属していたころは、この顔のせいで結構損もした。顔を見るなり、いきなり罵声《ばせい》を浴びせてきた上官もいる。見た目が生意気そう、反抗《はんこう》的というのがその理由だった。

窓の外を眺める青年のそば、部屋に置かれたベッドの横で、一頭の大きな犬が床《ゆか》に伏《ふ》せて目を閉じている。

と、その犬の尖《とが》った耳がぴくりと動いた。間を置かず、

「ユーリ！」

名を呼ぶ声は部屋の外からだった。続いて階段を駆け足で上がってくる足音がして、いきなり部屋の扉が開く。一人の少年が中に飛びこんでくる。

「大変だよ！」

「でかい声出して、どうしたんだ、テッド」

青年――ユーリ・ローウェルは窓の外を見たままで、振《ふ》り返ることさえしなかった。

「とりあえず、人の部屋に入るときはノックくらいするもんだぞ。親しき仲にも礼儀《れいぎ》あり、マナーを守って楽しく生きましょうってな」

とある生真面目《きまじめ》な友人の口調を真似《まね》てユーリが軽口を叩《たた》く。だが、少年のほうはそれどころではない様子だった。幼いその顔にうっすらと汗《あせ》を浮かべ、少年はユーリが腰かけた窓枠《まどわく》にずかずかと近づいてくると、精いっぱい窓から身を乗り出した。

「ほら！　あれ！」

「ん？」

少年が指さす方角に、ユーリも体を傾《かたむ》けて目をやった。

「また水道魔導器《アクエブラスティア》が壊《こわ》れちゃったよ。さっき修理してもらったばっかりなのに」

見ると、この下町の中心部、普段《ふだん》は住人向けの露店《ろてん》が建ち並ぶ広場の方角で、巨大な水柱が上がっていた。噴き上がった水は、そのまま広場全体にまき散らされている。下手《へた》をすれば、近くの露店ごと押し流しそうな勢いだ。

ユーリのやや紫《むらさき》がかった瞳が一瞬《いっしゅん》、細くなった。が、文字通りそれは一瞬のことだった。姿勢を戻《もど》し、ユーリは軽く肩《かた》をすくめてみせた。

「なんだよ。厄介《やっかい》ごとなら、騎士団に任せとけって。あいつら、そのためにいんだから」

テッドと呼ばれた少年はぶんぶんと首を左右に振った。

「下町のために動いちゃくれないよ、騎士団なんて」

「世話好きのフレンがいんだろ？　あいつなら」

「だから！　フレンにはもう頼《たの》みに行ったよ。でも、会わせてもらえなかったの！」

ユーリはやれやれと頭をかいた。

「はあ？　つまり、オレ、フレンの代わりか？」

「いいから早く来て！　人手が足りないんだ」

テッドがユーリの腕《うで》を取り、懸命《けんめい》に引っ張る。だが、当のユーリはあくまでものんびりとしたものだ。少年の手を振りほどくことこそしないが、大儀《たいぎ》そうにあくびなどしている。と、そこへ今度は部屋の外から別の人間の声がした。

「テッド！　テッドォ！　降りてきなさい。あんたも手伝うのよ！」

目の前にいるテッドの母親の声だった。

「ちょ、ちょっと待ってよぉ……」

困ったように少年は叫《さけ》び返してから、再び目の前のユーリに向き直る。あいかわらずユーリは眠《ねむ》たげに目をしばたたかせている。

「もう……ユーリの馬鹿《ばか》！」

それで少年もあきらめたのだろう。一声、悪態をつくなり、入ってきたときと同じように勢いよく部屋を飛び出していった。ユーリは苦笑《くしょう》まじりにそれを見送り、そうしてから表情をあらため、再び窓の外に目をやった。

「騒《さわ》ぎがあったら、すっ飛んでくるやつなのに……」

小さなつぶやきがその唇《くちびる》から洩《も》れたとき、すでにユーリの眼光は最前の鋭《するど》さを取り戻していた。その瞳《ひとみ》には、路地の向こう、広場の中央に立つレリーフにも似たその小さな尖塔《せんとう》が映っている。水道魔導器《アクエブラスティア》。この下町全体に生活用水を供給している唯一《ゆいいつ》の魔導器《ブラスティア》。ここから見えるその姿は普段と何も変わらない。周辺の水道管から大量の水が噴《ふ》き出していることを除けば。だが、遠目のきくユーリは噴き上がる水だけでなく、その魔導器《ブラスティア》自体にも異変があることに気づいていた。

――魔核《コア》がない。

尖塔の足元、ちょうどこちら側を向いた魔導器《ブラスティア》の表面が黒くくぼんでいる。本来であれば、そこにはある特殊《とくしゅ》な石がはめこまれているはずなのに。それがない。あれでは魔導器《ブラスティア》はまともに動かない。魔導器《ブラスティア》の力の流れを制御《せいぎょ》する筐体《コンテナ》と力の源たる魔核《コア》。この二つが揃《そろ》って、初めて魔導器《ブラスティア》は魔導器《ブラスティア》として働いてくれる。それは水道魔導器《アクエブラスティア》にしても、あるいは個人で使用する武醒魔導器《ボーディブラスティア》でも――それどころか、この帝都《ていと》ザーフィアスを魔物《まもの》たちから守るあの巨大《きょだい》な結界魔導器《シルトブラスティア》でさえ変わらない。

おそらく水量を調整するポンプに異常をきたしているのだろう。地下を走る水脈から流れ出た大量の水が、いまユーリがいる宿屋の前の道にまで押し寄せてきていた。路上で日向《ひなた》ぼっこをしていた野良猫《のらねこ》があわてたように近くの家の屋根に駆《か》け上がっている。異変に気づいた下町の人間もあちこちの家から飛び出しつつあった。

「あの調子じゃ、魚しか住めない町になっちまうな」

もう一度つぶやき、ユーリは窓から振り返った。そうして、この部屋のもう一人の住人に向かって呼びかけた。

「ラピード」

返事はなかった。テッドが開けっぱなしにしていた部屋の扉《とびら》。開いた隙間《すきま》から、すでにその犬は部屋を出ていこうとしていたところだった。ぴんと立った長い尻尾《しっぽ》が入り口の向こうに消えていく。

さすがにユーリは苦笑いした。

「先刻、お見通し、か」

言いながら、ユーリは部屋の隅《すみ》に立てかけてあった自分の剣《けん》を手に取る。

剣の鞘《さや》と腰《こし》のベルトを結び紐《ひも》で繋《つな》げると、ユーリは二階にあるこの部屋の窓枠《まどわく》に足をかけ、よっとばかりにそのまま外へ飛び降りた。

＊

少女が見ているのは、自分だった。

アンティーク調ではあるが、その実、高価な調度品が並ぶ部屋の中央。大きな姿見に映った自分自身の影《かげ》。一見、いつも着ている（あるいは着せられている）ドレス姿と同じだが、実は少しだけ中身が違《ちが》う。締《し》め上げている腰紐《こしひも》は緩《ゆる》め、形を整える肩の枠は外してある。無論、動きやすいように、だ。履《は》いている靴《くつ》にしても、決してパーティで用いるようなヒールの高いものではなく、剣術《けんじゅつ》指南を受けるときに使う革靴《かわぐつ》である。

——大丈夫《だいじょうぶ》。

姿見の前に立った少女は胸に手をあて、そう自分に言い聞かせた。手順は間違《まちが》っていない。きっとうまくいく。あわてず騒がず、落ち着いて自分が行動さえすれば。

近くの机に置いてあった短めのサーベルを少女は手に取り、それを裾《すそ》の広がったスカートの内側に隠《かく》した。もちろん、これはあくまでも念のためだった。使わずにすめば越《こ》したことはない。もうすぐ昼食の時間。お付きの侍女《じじょ》がこの部屋にやってくる。彼女はあれで勘《かん》の鋭いところがあるから、まずは気取られないようにしないといけない。いつものように昼食をとって、いつものようにお茶を楽しんで。そして、彼女が退出したあとは、すぐに——。

凝《こ》った模様が彫《ほ》りこまれたソファに、少女は腰掛《こしか》ける。背もたれに手を触《ふ》れたとき、自分の手が微《かす》かに震《ふる》えていることに少女は気づいた。落ち着きなさい……もう一度、自分に言い聞かせる。きっと、きっとうまくいくから……。

不意に、静まり返った部屋に扉をノックする音が響《ひび》き渡《わた》った。ソファに座っていた少女の華《きゃ》奢《しゃ》な肩《かた》がびくりと反応する。続いて、扉の向こうから呼びかけてくる、くぐもった声。

「失礼します、エステリーゼ様。お食事をお持ちしました」

「どうぞ。入ってください」

膝《ひざ》の上で少女はきゅっと自分の両手を握《にぎ》りしめる。

さあ、ここからだ。

――この世界、テルカ・リュミレース。

種々様々な恩恵《おんけい》をもたらす魔導器《ブラスティア》によって繁栄《はんえい》を目指す人々、魔導器《ブラスティア》の力によって守られた人々。

全《すべ》てはまだ何も始まっておらず、彼らもまだ互《たが》いを知らない。だが、いずれ必ず知るときが来る。出会うときが来る。いや。

その瞬間《しゅんかん》はもうすぐそこに迫《せま》ろうとしていた。

Tales of Vesperia

テイルズ オブ ヴェスペリア

I

一　帝都から

――目の前にいるやつを助けたい。

ただ、それだけだった。国だのなんだの、難しいことはどうでもいい。オレはオレが守りたいと思う相手を守る。それだけのこと。

「しかし、それでは駄目《だめ》だ、ユーリ」

と、頭の固い友人は反論したものだった。

「虐《しいた》げられている人々を守りたいと思うなら、虐げている社会そのものを変えなければならない。そうでないと、結局誰《だれ》も守れない。だからこそ、僕たちは騎士《きし》団に入ったんじゃないか」

――だが、結局、何も変わらなかった。

「今日が駄目なら明日がある。明日が駄目なら明後日がある。法が間違っているというのなら、正しい法に変えていけばいい。僕たちが騎士団の中で昇《のぼ》っていくことによって」

――お前は立派だよ、フレン。ただ、

「オレはそういうのは性に合わない。そういうことさ」

「合う合わないの問題ではないだろう?」

「見ろよ、フレン。あの貴族街の連中。大して必要のないことでも、魔導器《ブラスティア》を湯水のように使って豪勢《ごうせい》な暮らしをしてる。下町の連中は、ぽんこつ同然の魔導器《ブラスティア》で何とかその日を生き延びてるっていうのにな。――お前やオレが昇っていくのはいい。だが、その間も同じことは続く」

「それは……」

「金がない、身分が低い、ただそれだけの理由で死んでいくやつもいる。そういうやつらに、こう言うのか？　オレたちが出世するまで待ってろ、って。いったい何様なんだ？　オレたち」

「………」

「……悪い。お前の夢だもんな。ケチをつけるつもりはねえし、オレもこれがガキっぽい駄々《だだ》をこねてるのと変わりはしないってことは分かってる。──しかし」

それでも、オレは──。

＊

暗く、じめじめと湿《しめ》った空気はユーリにとって馴染《なじ》みのあるものであった。

快適性など完全に無視した硬《かた》いベッド。マットがカビ臭《くさ》い。寝転《ねころ》がって見上げた天井《てんじょう》は、愛《あい》想《そ》も慈悲《じひ》もない灰色。そして、投げ出した自分の足の向こうに見えるのは、頑丈《がんじょう》な鉄格子《てつごうし》だ。

（さてと……）

力ずくで放りこまれたその独房《どくぼう》の中で、ユーリは囚人《しゅうじん》用のベッドに寝《ね》そべったまま、しかし、囚人らしくもなく、ごく平然と独りごちた。

(まずは、どこで間《ま》違《ちが》ったのか考えてみようか)

一つ目。

魔核《コア》が失われた下町の水道魔導器《アクエブラステイア》。とりあえず、水道ではなく、ただの大噴水《だいふんすい》と化した魔導器《ブラステイア》の後始末は下町の連中に任せておいて、ユーリは消えた魔核《コア》の行方《ゆくえ》を追うことにした。どの道、魔核《コア》が戻《もど》らないことには、魔導器《ブラステイア》は魔導器《ブラステイア》として機能せず、根本的な解決にはならない。問題の魔核《コア》の行方については、水道魔導器《アクエブラステイア》の修理を請《う》け負ったとかいう技術者の魔導士が怪《あや》しいと目星をつけた――。

うん。ここまでは別に間違っていない、とユーリは胸の内でうなずいた。修理される前の水道魔導器《アクエブラステイア》には確かに魔核《コア》がはめこまれたままだったのを自分も見ていた。で、あれがなくなる前、最後に魔導器《ブラステイア》に触《さわ》ったのはその魔導士だ。疑うなというほうが無理というもの。

「……でよ、その例の盗賊《とうぞく》が難攻不落《なんこうふらく》の貴族の館《やかた》から、お宝を盗《ぬす》んだわけよ」

「知ってるよ。盗賊も捕《つか》まった。盗品《とうひん》も戻ってきた、だろ?」

隣《となり》の独房の囚人が、看守と何やら話をしている。城の牢屋《ろうや》にぶち込まれているというのに、のんきなものだ。ま、確かにこの牢は重罪人を収監《しゅうかん》しておくような厳重なものでなく、町で騒《さわ》ぎを起こした酔《よ》っ払《ぱら》いなどを一時的に放りこんでおくためのものだが……いやいや、それより
二つ目。

水道魔導器《アクエブラスティア》の修理を請け負った魔導士の名はモルディオ。ご高名なそのモルディオさんとやらは、ご高名なだけに、あの胸糞《むなくそ》の悪い貴族街のお屋敷《やしき》にお住みあそばしているらしい。水の後始末をしていた下町の人間からそこまで聞き出したあと、ユーリはそのモルディオの屋敷に向かった——。

うーん。作業に必死だったハンクスじいさんたちにはやっぱり悪いことしたかな？　テッドも言った通り、本気で人手が足りなそうな様子だったし。

「いやいや。そこは貴族の面子《メンツ》が邪魔《じゃま》してってやつでな。盗賊は捕まっちゃいねーし、いま館にあんのは贋作《がんさく》よぉ」

「馬鹿《ばか》な……」

うるせーぞ、隣。

で、三つ目。こっそりモルディオの屋敷に忍《しの》びこんでみれば、これがまたビンゴ。いかにも怪しげなローブを着たやつが、魔核《コア》らしきものを抱《だ》きかかえて、荷物をまとめているところだった。フードのせいで顔が確認できなかったのはちと残念。しかし、あんなもんを盗んで何に使おうってんだかな。大体、魔導器《ブラスティア》にしても魔核《コア》にしても、使用目的に合わせた加工が施《ほどこ》されているもので、水道魔導器《アクエブラスティア》の魔核《コア》なら、水の制御《せいぎょ》が主目的。盗品として売り捌《さば》くにしても、魔導器《ブラスティア》や魔核《コア》は帝国《ていこく》の管理が厳重だから、足がつきやすくて割に合う代物《しろもの》じゃないはずなんだが。

「ここだけの話な。漆黒《しっこく》の翼《つばさ》が目の色を変えて、その盗賊のアジトを探してんのよ」

「なに？　あのギルド……む。い、いや。いい加減、大人しくしていろ、お前。もうすぐ食事の時間だ」

そうそう。おっさんの与太話《よた》に付き合ってないで、ちゃんと仕事しろよ、看守。

さて、四つ目。逃《に》げ出そうとしたモルディオをラピードと一緒《いっしょ》に追い詰《つ》めたはいいが、すったもんだのあげく結局取り逃がした。やっこさんの荷物の一部は奪《うば》ったが、その中に魔核《コア》はなし──。

やっぱり、間違ったとしたらここか、とユーリはつぶやいた。魔導士なんぞ、研究室にこもりっきりの運動不足ばかりと思ってなめてた。で、騒ぎが屋敷の外にまで洩《も》れて、警備の騎士《きし》団連中が駆《か》けつけてきて、ジ・エンド。下町に住む人間の言い分なんか、フレンならともかく、他《ほか》の騎士連中は聞いちゃくれない。まして、貴族街だしな。騒ぎを起こせば、即逮捕《そくたいほ》。まあ、モルディオの野郎《やろう》に噛《か》みついて荷物を奪ったラピードまで捕まらなかったのは、不幸中の幸いということにしておくか──。

「……そろそろ、じっとしてるのも疲《つか》れるころでしょーよ、お隣さん。目ぇ覚めてるんじゃないの？」

不意に隣の独房からそんなふうに呼びかけられて、ユーリはベッドの上でゆっくりと身を起こした。すでに先に話していた看守の足音は独房の前から遠ざかっている。

唐突《とうとつ》な呼びかけにもユーリはまるで動じず、こう答えた。

「さっきみたいな嘘八百《うそはっぴゃく》、自分で考えてんのか？　おっさん、暇《ひま》だな」

「おっさんはひどいな。おっさん、傷つくよ」

　半ば笑いながら、また隣の声が応じる。

「それにウソってわけじゃないの。世界中に散らばる俺の部下たちが、必死に集めてきた情報なわけよ、これが」

「はは」

　相手の口調の気安さにつられて、ユーリも軽く笑った。微《かす》かに反響《はんきょう》して、静まり返った牢内に響《ひび》く声。

「ほんとに面白《おもしろ》いおっさんだな」

「蛇《じゃ》の道は蛇。試《ため》しになんでも聞いてみてよ。海賊《かいぞく》ギルドが沈《しず》めたお宝か？　最果ての地に住む賢人《けんじん》の話か？　それとも、そうだな……」

「それよりも——」

　ユーリはベッドのマットに手をつき、こちらもからかい半分でたずねた。

「ここを出る方法を教えてくれ」

「ん？　何したか知らないけど、十日も大人しくしてたら、出してもらえるでしょ？」

「そんなに待ってたら、下町が湖になっちまうよ」

「下町……ああ、聞いた聞いた。水道魔導器《アクエブラスティア》が壊《こわ》れたそうじゃない？」

「いまごろ、どうなってんだかな……」

そこだけはふっと笑《え》みを消して、ユーリはつぶやくように言った。下町の人間は性根《しょうね》がタフだから、水道魔導器《アクエブラスティア》一つ壊れたくらいでオタオタするほどヤワではないとは思うが。逆に言うと、それだけに気にはなる。特にハンクスじいさん。老骨に鞭打《むちう》って、また無茶《むちゃ》なことをしてなけりゃいいんだが……。

「悪いね。その情報は持ってないわ」

「だろうな」

再び隣から聞こえた声に、ユーリは投げやりに応じてから、ベッドの上でごろりと横になった。逮捕《たいほ》されたときに騎士団の連中に殴《なぐ》られた箇所《かしょ》が少しうずく。といっても、大した怪我《けが》ではない。放っておいても、二、三日で治るだろう。向かい側の壁《かべ》に浮《う》かんだ人がたにも似たシミ。ぼんやりと見つめながら、ユーリはまた口を開いた。

「モルディオとかいうやつのことも、どうすっかな——」

「モルディオ？　って、アスピオの？　学術都市の天才魔導士とおたく、なんか関係あったの？」

これにはさすがに耳を疑った。驚《おどろ》いてユーリもその場でもう一度、跳《は》ね起きる。

「知ってんのか、おっさん」

ついさっきまでと違《ちが》って真面目《まじめ》にユーリが問いかけると、隣《となり》の相手はなぜか沈黙《ちんもく》した。わず

かな間を挟《はさ》んでから、またおどけた口調で、

「お？　知りたい？　知りたければ、それ相応の報酬《ほうしゅう》をもらわないと——」

「学術都市アスピオの天才魔導士なんだろ。ごちそうさま。感謝するぜ」

「い、いや、違《ちが》う。違うって。美食ギルドの長老の名だ。いや待て、それは、その、あれか……」


しどろもどろになって隣の相手が言いかけた、しかし、そのときであった。

独房《どくぼう》の前に伸《の》びる廊下《ろうか》。出口の方角から足音が近づいてくる。硬《かた》い軍靴《ぐんか》のものだ——ユーリがそう思ったとき、相手が自分の独房の前を通りすぎた。見るとはなしにその方向に目をやっていたユーリも思わず目を見張った。

足音の主は男性であった。彫《ほ》りの深い顔立ち、幅《はば》の広い肩《かた》。身につけた豪奢《ごうしゃ》なマント。腰《こし》に提《さ》げた剣《けん》は実用的ではあっても、決して装飾《そうしょく》に欠けたものではない。柄《つか》の部分にはめこまれている宝玉はイミテーションではなく本物だろう。どこをどう見ても、位の高い騎士以外の何物でもないその姿。ユーリも男の名は知っていた。というより、ここ帝都《ていと》ザーフィアスに住む人間で、その男を知らないほうがおかしい。名は——アレクセイ。帝国騎士《ていこくきし》団長、アレクセイ。早い話が、この帝都ザーフィアスのみならず、帝国全土に散らばり、帝国守護を司《つかさど》る騎士団のトップだ。騎士団の権力が強い帝国においては、単に武官筆頭というだけでなく、国を動かす重鎮《じゅうちん》と呼んでもいい存在。

男性、アレクセイはユーリの押し込められている独房など見向きもせずに通りすぎ、その足音が隣の独房の前で止まった。

「出ろ」

「いいところだったんですがねえ……」

「早くしろ」

そんな会話が聞こえてくる。続いて、独房の扉《とびら》が開く金属的な音。

再びユーリの独房の前にアレクセイが姿を現した。もちろん、今度もこちらを振《ふ》り返るようなことはしない。そのまま通りすぎていく。そして、そのアレクセイのあとに続いて、一人の男が姿を現した。

こちらは、いかにもそこらをうろつく酔《よ》っ払《ぱら》いといった風体《ふうてい》の男だった。年齢《ねんれい》は三十代の半ばを超《こ》えたくらいだろうか。東方風の衣服を着ている。やや褐色《かっしょく》を帯びた肌《はだ》。顔立ちは決して整っていないというわけではなく、普通《ふつう》にしていれば渋《しぶ》みのある中年で通るのかもしれないが、あごに生やした不精《ぶしょう》ひげがそういった印象を若干崩《じゃっかんくず》している。

「とっと……」

不意に、男がユーリの独房の前でつまずいた。いや、つまずいたように見せかけた。ユーリの瞳《ひとみ》が瞬時《しゅんじ》に細くなる。男の意図を察して、ユーリは鉄格子《てつごうし》に近づくと、形だけは膝《ひざ》をついた男を心配するように腰《かが》を屈め、小声でささやいた。

「……騎士団長直々《じきじき》なんて、おっさん、何者だよ」

男はそれには直接答えなかった。うつむいた姿勢でにやりと笑い、その手だけが周囲には見えないよう体で隠《かく》しながら、鉄格子の中にいるユーリに向けて差し出される。

「割と面白《おもしろ》いとこよ、アスピオ」

「ん──」

そこへ、男の前方からまたアレクセイの声がした。

「何をしている」

「はいはい。ただいま行きますって」

飄々《ひょうひょう》と答えてから、男は立ち上がった。見送るユーリの先で、アレクセイと男の背中が牢《ろう》の出口の先に消えていく。

気配が完全に遠ざかるのを確認してから、ユーリは軽く握《にぎ》りこんでいた自分の右手を開いた。手のひらの上に載《の》っているのは、たったいま男の手から渡《わた》されたもの。──鍵《かぎ》。真鍮《しんちゅう》製の小さな。

ユーリはじっとそれを見つめ、それから少しあきれたように頭をかいた。

「そりゃ、抜《ぬ》け出す方法を知りたいとは言ったけどなあ」

鍵はこの牢を開けるためのものであった。

夜になってから、ユーリは行動を起こした。

正直なところ、牢の鍵をくれた相手の胡散臭《うさんくさ》さといったら半端がなかったし、町で騒《さわ》ぎを起こしたことに加えて「脱獄《だつごく》」などという罪状が加わった日には、単に牢にぶち込まれるだけでなく、厳罰《げんばつ》間違いなしであったが、こういう点に関しては、このユーリ・ローウェルという青年には割と楽観的なところがある。

（ま、朝までに戻《もど》ってくれば問題ないだろ）

大体、本気で脱獄する気などさらさらない。あの怪《あや》しげなおっさんも言っていた通り、十日も大人しくしていれば釈放《しゃくほう》される身の上だった。ただ、魔導器《ブラスティア》が壊《こわ》れた下町の様子だけは気になる。本当に湖になっていることなどまずないだろうが、それでも仲間や住人たちが無事かどうか。自分の目で確かめておきたい。

夜のうちにちょいちょいとここを抜け出して、下町を見に行く。で、朝にはまたこの牢に戻ってくる。これで問題なし、日々是《これ》平和。例のモルディオとかいう魔核《コア》泥棒《どろぼう》については……まあ、いまはどうしようもないだろう。正規の手続きで釈放されてからの話だとユーリも思っている。

見張り役の看守の目をかすめ、牢を抜け出し――ついでと言ってはなんだが、ユーリは牢に隣接《りんせつ》する倉庫の中から没収《ぼっしゅう》されていた自分の荷物も取り返した。そのあとは、実に楽なものだった。元々、この城の中のことはよく知っている。付け加えるのなら、城の中を警備している騎士連中の巡回《じゅんかい》ルートにしても、その警備の裏をかく抜け道にしても。——帝国騎士団所属の騎士様、ユーリ・ローウェル。数年前までの自分の名だった。下町出身でせっかく苦労して騎士団に入ったのにもったいない、そんなふうに言う知り合いもいる。しかしまあ、いまの自分にしてみれば、やはりどうでもいいことだ。こうしてたまに役に立つことはあったとしても。

押し込められていた牢のある建物から、直接、城の裏門に向かうのではなく、ユーリは一度、騎士団の詰《つ》め所がある東塔《ひがしとう》の裏側にまわった。しんとした夜気の中で、星々が漂う夜空に、巨《きょ》大《だい》な城の影《かげ》が黒々と浮《う》かんでいる。その影をなんとなく見上げたところで、ふとユーリは苦笑《くしょう》めいた衝動《しょうどう》をおぼえた。

(そういや、あいつにはよく怒《おこ》られたっけな。この道を使うと……)

あいつ——フレン・シーフォ。ユーリと同じ下町出身で、同じ時期に騎士団に入団し、そして、騎士団を辞《や》めたユーリとは違《ちが》って、いまなお騎士を続けている幼馴染《おさななじ》み……というか、堅《かた》物《ぶつ》で、とことん融通《ゆうずう》のきかない、しかし、困っている人間をみると放っておくことができないお人好《よ》し。騎士団にユーリが所属していたころ、この抜け道を利用して夜の町に遊びにいくと、帰り道には決まってその友人が仁王《におう》立ちで待ち構えていたものだった。ちなみに、そこから先はこんこんとお説教だ。——いいかい、ユーリ。僕らは法を守るべき騎士《きし》団なんだ。その騎士が自分で法を破って夜中に遊び歩くなんてうんぬんかんぬん。

いまはそのフレンも出世して、ここ帝国騎士《ていこくきし》団で小隊長を務めている。いいことだとユーリは思う。騎士なんていう役職は、あいつのような人間にこそふさわしい。正義感が強く、曲がったことが嫌《きら》い。弱者には優《やさ》しく、強者には媚《こ》びない。適材適所とはこのことだ。

明かりが洩《も》れ、夜勤の騎士たちの声が聞こえる窓の下を、ユーリは頭を下げてすり抜けた。

そのまま、城の台所とでも言うべき、食堂裏の穀物庫に忍《しの》びこむ。ここまでくれば、裏門はもうすぐだった。それにしても、いくらこっちが内部を知り尽《つ》くしているからといって、こうもあっさり囚人《しゅうじん》の脱走《だっそう》を許してしまう警備というのも、いかがなものか。ザルすぎるぞ、フレン。一度、部下たちの根性を叩き直してやれ。

乾燥《かんそう》した小麦の香《かお》りが充満《じゅうまん》する穀物庫を通り抜けて、ユーリはその先、明かりの消えた食堂に足を踏《ふ》み入れる。

だが、異変はそこで初めて起こった。

＊

もう逃《に》げ切れない。

観念した少女は、その場で振《ふ》り返った。走り続けたせいで息が乱れている。それにしても、どうして、こんなに早く見つかってしまったのだろう。道を間違《まちが》えてしまったのだろうか。以前、フレンから聞いたあの話――彼の昔の友人が城を抜け出すときに使っていたという抜け道のこと。もちろん、フレンは半ば冗談《じょうだん》で話してくれただけだ。本当に困った男です――言葉とは裏腹に、彼もその友人のことが嫌いというわけでもない様子だった。楽しそうに笑っていた。普段《ふだん》の生真面目《きまじめ》な顔が嘘《うそ》のように。そして、自分はその友人のことだけでなく、抜け道のこともちゃんと記憶《きおく》した。だから、この計画も思いついたというのに。

広々とした大食堂。主に騎士団の兵士たちが使っているものだ。普段の少女であれば、決して立ち寄ることのない場所でもあった。壁際《かべぎわ》で足を止め、振り返った少女の目に、男たちの影が映る。鉄の甲冑《かっちゅう》に身をつつんだ、威圧《いあつ》的なその姿。城の騎士たち。本来なら、少女を追いかけるより、少女を守るべき存在のはずだった。しかし、いまは……。

「もう御戻《おもど》りください、エステリーゼ様」

先頭に立った一際大柄《ひときわおおがら》な騎士がどこかあきれたようにも聞こえる口調でそう言った。乱れた息を整えながら、それでも少女は頑《かたく》なに首を振った。

「嫌《いや》です！　いまは戻れません」

「これはあなたのためなのですよ」

もう一人の騎士が口を挟《はさ》んだ。

「例の件については、我々が責任を持って小隊長にお伝えしておきますので」

「そう言って、あなた方は結局何もしてくれなかったではありませんか」

少女はなおも言い返した。

「お願いです。どうか行かせてください。どうしても、このことは直接、フレンに伝えなくては——」

少女の言葉を聞いて、騎士たちが互《たが》いの顔を見合わせる。ほぼ同時に、やれやれと全員がかぶりを振り、それからじりっと包囲の輪が狭《せば》まった。少女の顔がやや青ざめ、額に一筋の汗《あせ》が流れる。

「そ、それ以上、近づかないでください」

言いながら、少女は隠《かく》していたサーベルをついに引き抜《ぬ》いた。取り囲んだ相手に向けて構える。さすがに騎士たちの空気が変わった。それまでの子どもをあやすような態度が消え、険しい気配がその場に立ちこめる。先頭にいた騎士が先ほどより低い声で警告してきた。

「おやめになられたほうが……お怪我《けが》をなさいますよ」

「剣《けん》の扱《あつか》い方は心得ています」

「……致《いた》し方ありませんね。手《て》荒《あら》な真似《まね》はしたくなかったのですが」

その言葉が合図だった。騎士たちが同時に自分の剣を腰《こし》から引き抜く。少女の薄紅色《うすべにいろ》の唇《くちびる》が微《かす》かに震《ふる》えた。

が、その瞬間《しゅんかん》であった。

「はっ！」

気合の声は、少女のものでも騎士たちのものでもなかった。続いて、空気が切り裂《さ》かれる鋭《するど》い音。少女の脇《わき》をすり抜けるようにして奔《はし》る、無形の衝撃波。振動《しんどう》で鼓膜《こまく》が痛んだ。だが、狙《ねら》いは決して少女ではない。

「ぐあっ！」

少女に近づこうとしていた先頭の騎士がその場で後方に吹《ふ》っ飛んだ。食堂の壁《かべ》に叩《たた》きつけられ、崩《くず》れ落ち、動かなくなる。無論、死んだわけではあるまい。気絶しただけだろう。

「なっ！」

他《ほか》の騎士たちがあわてて襲《おそ》ってきた衝撃波の方向へ向き直ろうとした。しかし、そこへさらに飛んでくる第二波、第三波。

「ごふっ！」

「ぐお！」

次々と少女の前で騎士《きし》たちが倒《たお》れていく。あぜんとしてその様子を見守っていた少女は、不意にハッとした。

――この技《わざ》。

「フレン!?」

一声叫《さけ》んで、少女は背後を振り返る。だが、そこに見た影《かげ》は、少女が脳裏《のうり》で想像していた金《きん》髪《ぱつ》の騎士のものとは違《ちが》っていた。

黒く長い髪《かみ》、同じ色の衣服、そして、鋭さの中にも澄《す》んだものを含《ふく》んだ真っ直《す》ぐな瞳《ひとみ》。

「っ！　だ、誰《だれ》……？」

思わず、その場で少女の足が一歩退《さ》がった。

＊

――ったく。

何やってんだか、オレは……。

抜き放っていた剣を鞘《さや》に収め、ユーリは胸のうちで自分に悪態をついた。その腕《うで》にはめた腕輪が微《かす》かにまだ輝《かがや》いている。――武醒魔導器《ボーディブラスティア》。たったいまの剣技《けんぎ》。ただ剣の鍛錬《たんれん》をしていれば身につくというものでは決してない。絶対に不可能というわけではないが、常人に可能な技でもない。だが、それを可能にするために助けになってくれるのが、この武醒魔導器《ボーディブラスティア》の存在であった。万物《ばんぶつ》の根源たるエアル。それを物理的な力に変えて生み出される術や剣技。いまの技もその一つだ。

「こっそりのはずが、結局厄介《やっかい》ごとかよ」

倒れた騎士たちが完全に意識を失っているのを確認したあとで、ユーリはやれやれとつぶやき、肩《かた》を落とした。年若い女が武器を持った数人の男たちに囲まれ、追い詰《つ》められている――

構図として、女に加勢したくなるのはまあ男の性とでも言うべきだろうが、本当のところ、どっちを助けるべきか、詳《くわ》しく事情を聞いてみないことには分かったものではない。大体、この男たちは本物の騎士ではないか。つまり、この城の中でいえば、彼らのほうが正義という可能性のほうがむしろ高いわけで……。

（ま、これはフレンのせいということにしておくか）

とりあえずユーリはこの場にいない友人に責任を押し付けた。最終的に女のほうに加勢する気になったのも、フレンの名前をこの女が口にしたからだった。

「で？　あんた、いったい──」

言いながらユーリが後ろにいた女を振《ふ》り返ろうとしたそのときだ。

「えいっ！」

「！」

眼前に迫《せま》ったのは大きな花瓶《かびん》。しかも、意外に素早《すばや》い動きでこちらに振り下ろされる。とっさにユーリは体をひねって避《よ》けた。相手は相手で勢いがありすぎたのだろう。手にした花瓶はそのまますっぽ抜《ぬ》け、ユーリが避けた床《ゆか》の上で耳障《みみざわ》りな音と共に粉々に砕《くだ》け散る。

「なにすんだ！」

さすがにユーリが抗議《こうぎ》の声をあげると、相手もその青い瞳に警戒《けいかい》の色を浮《う》かべて身構えた。後頭部できれいにまとめられた髪。近くで見ると、女というより少女と呼んだほうがいいかもしれない。

「……だって。あなた、お城の人じゃないですよね？」

「そう見えないって言うんなら、それはまた光栄だな」

反射的に再び剣を抜こうとした手を止めて、ユーリは吐息《といき》まじりに応じた。やっぱり助けなきゃよかった。そんなことを思う。厄介ごとに首を突《つ》っ込んだあげく、加勢したはずの少女にやられて、倒した騎士たちと一緒《いっしょ》に仲良く気絶——どう好意的に解釈《かいしゃく》しても、笑い者になる自分しか想像できない。いや、フレンのやつなら、逆に怒《おこ》るか嘆《なげ》くかするか？　ユーリ……そこまで落ちぶれるなんて、とかなんとか悲しげな顔で。うわ、ぞっとする。

「まったく……フレンのやつも、ガールフレンドのボディガードくらい、ちゃんと付けておけっての」

「フレン——」

何気なくつぶやいたユーリの言葉に、目の前の少女がぴくりと反応した。

「あなた……フレンのお知り合い？」

「そりゃこっちが聞きたいね。あんたがあいつのことを口にしなけりゃ、オレだってお姫様《ひめさま》を守るナイトの役なんぞ……」

しかし、言いかけたところで少女がいきなり構えを解き、ぐいと身を乗り出してきた。頭一つは背の高いユーリの胸にすがりつくようにして、

「お願いです！」

「お、おい」

「フレンのお知り合いの方なら、どうかわたしをフレンのところまで連れていってください」

「いや、だから――」

「フレンの身が危険なんです！　わたし、それを伝えたくて」

これにはユーリの眉根《まゆね》がわずかに寄った。目の前の少女をそれまでとはやや違った目で眺《なが》めてから、

「いやまあ……少し落ち着こうか。大体、あんた――」

だが、その刹那《せつな》――。

「え」

驚《おどろ》いたような声は少女のもの。そして、その少女の眼前でユーリは目にも止まらぬ速さで剣《けん》を抜き、薙《な》ぎ払《はら》うようにして空を一閃《いっせん》させている。キンという乾《かわ》いた金属音。弾《はじ》き飛ばされたのは、数本のナイフ。たったいま自分目がけて一直線に飛んできたものだ。

足音はしなかった。ただ、気配だけが広々とした食堂の向こう、城の廊下《ろうか》側から近づいてくる。薄闇《うすやみ》の中でぼんやりと浮かぶ影《かげ》。呼びかけてくるのは、ややかすれた声。

「フレン・シーフォ……」

ユーリの鋭《するど》い眼光がその男の爪先《つまさき》から頭まで撫《な》であげた。相手の目もユーリの隣《となり》にいる少女

ではなく、こちらに向けられている。やや奇抜《きばつ》な恰好《かっこう》をした男だった。自身の体を拘束《こうそく》するかのように肩から腰《こし》にかけて×の字で巻いたベルト。辺りが薄暗《うすぐら》いせいではっきりと確認はできないが、後頭部に流した髪《かみ》は二色に染め分けられているようだ。決して大柄《おおがら》というわけではない。しかし、手足が長い。その長い両手に握《にぎ》られているのは、禍々《まがまが》しく刃《は》の反った二本の円月刀《シミター》。

「オレの名はザギ……お前を殺す男。覚えておけ。そして──死ね！」

窓から差しこむ月の光を浴びて、男の持った刀が不気味に光った。

＊

言うまでもなく、災難は本人の自業自得《じごうじとく》にすぎないこともあれば、まったく本人には責任がないこともある。

しかし、責任の所在はともかく、これほど馬鹿馬鹿《ばかばか》しい災難も他《ほか》にないのではないか──ユーリはそんなことを思った。いきなりイカレた恰好の奴《やつ》が現れたかと思えば、そいつはユーリをユーリ以外の人間だと思いこんで襲《おそ》いかかってくる。刺客《しかく》だか何だか知らないが、殺す相手の顔くらい確認しろと言いたい。大体、自分とフレンとでは顔も背恰好もまるで違《ちが》う。

ザギと名乗ったその男の円月刀はまるで蛇《へび》のようだった。縦横無尽《じゅうおうむじん》、自由自在に伸《の》びては軌《き》

道《どう》を変え、こちらの急所を狙《ねら》ってくる。しかも、

（速ぇ……）

すくい上げるようにして首筋に迫る刀をかろうじて剣で弾き、ユーリは後方に飛んだ。薄暗い食堂に弾《はじ》け飛ぶ火花。

「ほう……いまのもかわすのか」

男の目がぎろりと光った。ユーリは手近なところにあった木製の椅子《いす》に空いている左手を伸ばしながら、

「恰好つける前に、仕事は正確にな。相手、間違《まちが》えてるぞ、お前」

男は聞いていない様子だった。ついさっきまで無表情だったその顔に、むしろ楽しげな猛々《たけだけ》しい笑《え》みが浮かぶ。

「ひゃはは！　いい感じだ。さあ、上がってキタ。上がってキタゼエエエエエエ！」

「急に変わりやがったな、と！」

手にした椅子をユーリがそのまま男に向かって投げつける。男の体がそれをかわして宙を舞《ま》う。同時にユーリも床《ゆか》を蹴《け》った。空中で交差する刃と刃。互《たが》いの衣服が切れる。だが、肉には届かない。着地もほぼ同時。相手に向き直り、距離《きょり》を取る。

「……おい」

今度は声の音量を落として、ユーリは振《ふ》り返ることなく背後に向かってたずねた。そこには、

あぜんとしたように一連の出来事を見守っていたあの少女の姿があった。

「あれが、あんたの言う『危険』ってやつか？」

「あ……いえ、その――」

「ま、その話はあとか。どっちにしても、馬鹿が刃物《はもの》を持ったら迷惑《めいわく》なことには変わりがねえ」

はっとしたように少女が目を見張り、こちらも険しい顔になった。一時の茫然自失《ぼうぜんじしつ》から立ち直って、少女も自分が持っていたサーベルを構える。

「わたしもお手伝いします」

「よせ」

「でも！」

そこに再び男の笑い声が響《ひび》き渡《わた》った。

「アハハハハ！　いいぜえっ、何人でも。全員殺してやるからよ！」

「へえ。そりゃ気前のいいことで！」

男とユーリの足がまた同時に床を蹴る。

窓からの光を反射して三本の刃が闇《やみ》に瞬《またた》く銀月にも似た輝《かがや》きを放った。

どれほど打ち合ったのか。十合か二十合か、それ以上か。あるいはここが闘技場《とうぎ》か何かで、見物人でもいれば、いい勝負だと二人に喝采《かっさい》を送ったかもしれない。それほどまでに男とユーリの技量は拮抗《きっこう》していた。互いの刃が描《えが》く剣《けん》の舞《まい》。放たれる武技。ぎりぎりのところで相手をとらえられず、それでいて互いに手を抜《ぬ》いているわけではない。むしろ、だからこそ、刹那《せつな》の攻防《こうぼう》に生と死が垣間《かいま》見《み》える。

しかし、繰《く》り返すが、これは男にとってはともかく、ユーリにとっては馬鹿馬鹿しい戦い以外の何物でもなかった。

「だから、言ってんだろうが。相手を間違えてるって」

「そんな些細《ささい》なことはどうでもいい！　さあ、続きをやるぞ！」

「どういう理屈《りくつ》だよ、そりゃ。ったく、フレンもとんでもねえのに狙われてんな」

さらに影が交差し、打ち合う。

と、そのときだった。

「ザギ」

不意の声と、相手の背後で新たに出現した気配に、ユーリはさすがにぎくりとした。新手か？　正直なところ、心の底から遠慮《えんりょ》したい。この男は速い。強い。さらに敵が増えるようなことがあると、本気でやばい。

だが、ユーリの予想とは裏腹に、男の後ろに現れたその影——全身を黒装束で包んだ、しかし、黒々とした覆面《ふくめん》の奥で光る赤い眼《め》が特徴《とくちょう》的なもう一人の男はこう言った。

「引き上げだ。こっちのミスで騎士《きし》団に気づかれた」

「………………」

ザギという男は答えない。変わらずユーリに向かって刀を構えたままだ。無論、ユーリも剣を下ろさない。互いににらみあっている。

「おい、聞いて……っ!」

後ろから近づいたもう一人の男がその肩《かた》に手をかけようとした瞬間《しゅんかん》、ザギの刀が振り向きざま横薙《よこな》ぎに振るわれた。かろうじて体をひねり、赤眼の男がそれをかわす。

「何を――!」

「オレの邪魔《じゃま》をするな! ヒャハハハ! また上り詰《つ》めちゃいないっ、いないんだよ!」

「き、貴様――」

赤眼の男が殺気立って自分の腰《こし》に差した剣に手をかけた。

「い、いい加減にしろ。契約《けいやく》に背《そむ》くつもりか。お楽しみが今日で終わりになるぞ」

この言葉はどうやら効果があった様子だった。ザギがちっと小さく舌打ちして、その顔から狂気《きょうき》じみた笑《え》みが消える。

自身の刀術と同じく、蛇《へび》を思わせる目でザギは一度ちらりとユーリを見た。そうしてから、ザギは不意に身を翻《ひるがえ》した。赤眼の男もそれに続く。現れたときと同じように、足音はなく、ただ気配だけが遠ざかっていく。

薄《うす》れゆく殺気と鬼気。

相手が完全に退いたのを確認したあとで、ユーリは初めて構えたままだった剣を下ろし、大きく息をついた。

「やれやれ……」

気づくと、剣を握《にぎ》った手は汗《あせ》で濡《ぬ》れていた。


城内が騒《さわ》がしくなっていた。

騒ぎに気づいた騎士団の人間が動きだしたらしい。まずいな、とユーリは思う。この分では、自分が牢《ろう》を抜け出したことも気づかれたかもしれない。朝までに戻《もど》ってくるなんていう、のんきな話はもう通用しない、か——。

「結局、めでたく脱獄《だつごく》犯の仲間入りか。こりゃ当分、日の下は歩けそうにねえな」

「脱獄って……」

つぶやきはすぐそばにいたあの少女のものだった。剣を収めたユーリと違って、こちらはあいかわらずしっかりとサーベルを手にしたままだ。

ユーリは軽く首をすくめてみせた。

「そっちはあんたとは無関係。──それより、あんた、どうするんだ？」

「え？」

少女の目がぽかんと見開かれた。

「どうって……」

ユーリは補足して説明した。

「オレはこの城を出る。ここで騎士団にしょっぴかれても、後で改めて捕《つか》まっても、そんなに変わらなくなってきたみたいなんでね。なら、また牢にぶち込まれる前にやっときたいことがあるんだよ」

少女はユーリの顔を見上げ、今度はぱちぱちと目をしばたたかせた。

「で、あんたはどうすんの、って話だ。フレンは城の外にいるんだろ？　あ、言っとくけど、オレにフレンへの伝言を頼《たの》むなんてのはなしな。悪いが、いまフレンと顔を合わせたら、問答無用で逮捕《たいほ》されちまう」

少女はそれでもユーリの顔を見上げていたが、やがておずおずとこう言った。

「でも……あなたとフレンは、その、お友達なんでしょう？」

「そういうのが通用しないやつだってオレが分かってるから、お友達でいられるんだよ」

平然とユーリが答え、これには少女もうなずいた。

「確かにフレンはそういう人だと……思います」

「それで、あんたはどうすんのかってこと。オレは城を出る。でも、フレンに直接伝言なんかしない。あんたはフレンに伝えたいことがある——ま、フレンに会うために城を出たいってんなら、協力くらいしてもいいぜ。あんたの話、オレもフレンに伝えたほうがいいとは思ってるからな」

といっても、あのフレンなら刺客《しかく》に狙《ねら》われたとしても、自分の力でどうにかしてしまうだろうとも思っているユーリではあったが。

少女はほんの少し逡巡《しゅんじゅん》を見せた。だが、それもわずかな時間のことだった。手にしたサーベルを一度見つめ、それから少女は決然として顔を上げた。

「一緒《いっしょ》に行きます」

「ふーん……」

表情にこそ出さなかったが、ユーリはやや意外な思いで少女を見返した。ついさっきから思っていたが、この少女はおそらくいいところのお嬢《じょう》さんのはずだ。物腰《ものごし》や城の中で当たり前のように振《ふ》る舞《ま》っていること、さらに追いかけていた騎士《きし》たちの態度を見ればよく分かる。ただ、それだけにこの反応はユーリにとってもやや予想外だった。てっきり、「脱獄」の一言を聞いて騒ぎ出すんじゃないかとも思っていたのだが……。

——気にしてない、ってわけじゃないよな。

それだけフレンに会いたい、というより、会って話をしなければならないと思いこんでいるのだろう。

まあ、それならそれでいいか、とユーリは内心でつぶやいた。ここで騒がれると、こちらとしてもいくら相手が女とはいえ、少し対応に困るところだった。

「あの……」

少女の顔にまた怪訝《けげん》そうな表情が浮《う》かんだ。それに対してユーリはもう一度、小さく首をすくめてみせた。

「いや、悪い。——分かった。そういうことなら、すぐにここを離《はな》れるぞ。えーっと……」

「わたし、エステリーゼっていいます」

「エステ……少し呼びにくいな。エステルじゃ駄目《だめ》か？」

「あ、は、はい。構いません。えっと……」

「ユーリだ。ユーリ・ローウェル」

え、と少女が少し驚《おどろ》いたようにつぶやいた。

「どうかしたか？」

「あ、いえ……なんでもありません。そうですか、ユーリ、ユーリ・ローウェル……」

なぜか、少女はもう一度、ユーリの名を繰《く》り返してから、

「それじゃあ、ユーリ。よろしくお願いします」

ぺこりと頭を下げてみせる。その意味はユーリには分からなかったが、

「こちらこそ。それじゃエステル、行こうか」

「はい！」

　がやがやとした声が大きくなってきた廊下《ろうか》の先に目をやり、ユーリは持っていた剣《けん》を肩《かた》に担《かつ》いだ。

＊

　自分は嘘《うそ》をついたのかもしれない。

　少女はそんなことを思っていた。

　フレンが心配なのは本当だ。会って話をしなければいけないとは考えている。けれど——。

（たぶん、それだけじゃない……）

　いま、この城の人間はある計画を進めている。本当にその計画が実現するかどうかはともかくとして、もし仮にそうなったとしたら、自分はいま以上に自由に動けない人間になってしまうだろう。無論、それが必ずしも嫌《いや》というわけではなかったが、しかし、その前にやってみたいことが少女にはあった。見てみたいものがあったのだ。それは——城の外の世界。自分は生まれてこのかた見たことがない。ただの一度も。

　見てみたい。

城に置いてある本を読んで想像するだけじゃなく、本当の世界を。自分の目で。

（……ごめんなさい）

先を行く青年の黒い背中に向かって、少女——エステリーゼは心の中で謝った。でも、どうか許してほしい。これはささやかな願い、夢。ほんの少しの間のこと。そう。ちょっとした冒《ぼう》険《けん》、だと思う。だから……。

しかしであった。

幸か不幸か、彼女と彼の行く先に待っていたのは、「ちょっとした冒険」などではなかったのである。

Tales of Vesperia
テイルズ オブ ヴェスペリア

I

二 花の街

誰《だれ》かに合わせるのなんてまっぴらだし、他人を無邪気《むじゃき》に信じるなんて愚《ぐ》の骨頂《こっちょう》。

あたしが信用するのはこの子たちだけ。魔導器《ブラスティア》。この子たちは人と違《ちが》ってあたしを裏切らない。あたしもこの子たちを裏切らない。きっと守る。

だって、悪さをするのは人であって、決してこの子たちではないのだから——。

＊

うっそうと生い茂《しげ》る樹木は、森を一つの迷路《めいろ》に変えていた。

湿《しめ》った腐葉土《ふようど》の上に降り積もった落ち葉。ただでさえ張り出した木の根のせいで足場の悪い地面を、ますます歩きにくいものにしている。ねじくれた梢《こずえ》の先から聞こえるのは、なんの鳥か分からない不気味な鳴き声。おそらく森を徘徊《はいかい》する魔物《まもの》のものも混じっているのだろう。覆《おお》いかぶさるようにして重なった木々の葉や枝が陽《ひ》の光をさえぎり、辺りはひどく暗い。

だが、そんな暗然とした妖気《ようき》すら感じられる森の中で、場違《ばちが》いなほど清浄《せいじょう》な輝《かがや》きが、その木《こ》陰《かげ》からは漏《も》れていた。

「——聖なる活力、ここへ。ファーストエイド！」

倒木《とうぼく》に腰掛《こしか》けた青年の前で、少女の術が完成すると、かざした手を中心に放たれていた青く澄《す》んだ光がいっそう輝きを増す。飛び散った光の粒子《りゅうし》はやがて吸いこまれるようにして、目の前に座った青年の右足に集束した。中心点はやや泥《どろ》に汚《よご》れ、血のにじんだふくらはぎ。ついさっき、襲《おそ》いかかってきた狼《おおかみ》の群れを追い払《はら》ったとき、群れの一頭から咬《か》まれて負った怪我《けが》だった。集まった光が触《ふ》れるたびに、みるみる傷口がふさがっていく。そうして、光はさらに強くなり、次の瞬間《しゅんかん》、唐突《とうとつ》に消え失《う》せた。まるで役目を終えた蠟燭《ろうそく》の炎《ほのお》がふっとかき消されたかのように。

ややしばしの静寂《せいじゃく》。そして、

「どう、です？」

手をかざしていた少女、エステルがたずねる。術に集中していたせいか、白い額に一筋の汗《あせ》が流れていた。

問われた青年、ユーリ・ローウェルはそんなエステルの顔を一度ちらりと見上げ、それからたったいま治療《ちりょう》してもらった自分のふくらはぎに手を当てた。傷のふさがった脚《あし》の表面に指を触れ、何度か感触《かんしょく》をたしかめるように皮と肉を押したあと、「ん」と満足げにうなずいてみせる。

「大丈夫《だいじょうぶ》そうだ。サンキュな、エステル。助かった」

「い、いえ。そんな、これくらい……」

軽く礼を言っただけなのに、エステルのほうは妙《みょう》に照れて顔を赤くする。初めて会ってからこれまでもそうだったが、どうも他人から感謝されるということにあまり慣れていないらしい。その反応が面白《おもしろ》くて、ついついユーリもこういうとき、普段《ふだん》の彼とは違って真っ正直な礼の言葉を口にしてしまうのだった。もちろん、本心から感謝した上でのことではあったが。

「さ、さあ、先を急ぎましょう、ユーリ。日の暮れる前に森を抜《ぬ》けてしまわないと」

「はいはい」

照れ隠《かく》しのつもりか、やけに勇ましく道の先を指さすエステルに促《うなが》され、ユーリは笑いをこらえながら倒木から立ち上がった。

あの帝都《ていと》ザーフィアスでの騒動《そうどう》からすでに四日が経過していた。

しつこく追ってくる城の兵士たちを振《ふ》りきり、城外に出たユーリとエステルはそのままザーフィアスを離《はな》れた。本来、城の外に出るまでの協力関係という約束だった二人が、未《いま》だに共に行動しているのにはもちろん理由がある。ユーリは脱獄囚《だつごくしゅう》の身になった以上、ザーフィアスに留《とど》まっているわけにはいかなかったし、エステルはエステルで、ユーリの古い友人であり、騎《き》士《し》団で小隊長を務めるフレンに会わなければならないという目的があった。フレンはどうやらいま、ザーフィアスを離れているらしい。街道《かいどう》を北に進んだところにある花の街ハルルか、あるいは途中《とちゅう》、東にそれて歩いた先にある学術都市アスピオか、それとも、北西の港町、カプワ・ノールか。フレンがザーフィアス近辺にあるどの街に向かったかははっきりしないが、とにかくエステルは後を追うと言いだし、ユーリも半ばそれに付き合う形でこうして同行しているのだった。といっても、これは騎士道《きしどう》精神の発露《はつろ》というわけでもない。ユーリにはユーリの目的がある。例の魔核泥棒《コアどろぼう》。学術都市アスピオの魔導士、モルディオ。そのモルディオもザーフィアスを出て行方《ゆくえ》をくらましているらしく、ユーリは足取りを追うつもりだった。魔核《コア》を失い、水道魔導器《アクエブラスティア》が故障した下町は、いま何とか自力で生活用水を確保しているが、あの状態があまり長く続けば、それこそ下町の人間は日々の飲み水にも苦労するようになってしまう。かといって、騎士団の連中や貴族街の人間はあてにならない。魔核《コア》泥棒のモルディオを捕《つか》まえて、可能であれば、盗《ぬす》まれた魔核《コア》も取り戻《もど》す――それが一番手っ取り早いというのがユーリの考えであった。

「道は結局、同じになりそうだな」

ザーフィアスの外に出たあと、ユーリはエステルにそう言った。

「なら、お互《たが》い追われている者同士、もう少しの間、協力しあうっていう手もありだと思うが」

「は、はい！」

「別に嫌《いや》ならいいんだぞ？」

「そんなことありません。どうかよろしくお願いします、ユーリ」

そんなこんなで、この四日間、肩《かた》を並べて一緒《いっしょ》に旅をすることになっているのであった。

「にしても、実際、大したもんだ」

細く伸《の》びる獣道《けものみち》を慎重《しんちょう》に歩きながら、ユーリがそんなことを口にしたのは、休憩《きゅうけい》場所を出立してからややしばらくしてのことだった。前を行っていたエステルが「え?」と怪訝《けげん》そうに振りかえる。その向こうに一頭の大きな犬が歩いていた。ラピード。ユーリにとっては飼い犬というより、大事な相棒に等しい存在だ。先頭を抜群《ばつぐん》の嗅覚《きゅうかく》と聴覚《ちょうかく》を持つラピード、間にエステル、そして、しんがりをユーリが警戒《けいかい》しながら進む。これがこのクオイという名を持つ、いささか危険な森を抜ける上での基本的な順番。予定では、ザーフィアスからすぐ北にあるディン砦《とりで》を抜けて、そのまま街道に入るつもりだったのだが、砦が閉鎖《へいさ》されていたことと、人目を避《さ》けるため、やむなく迂回《うかい》路であるこの森を通らなければならなくなったのである。

道の途中で千切った細い笹《ささ》の葉を口にくわえ、ユーリは言葉を重ねた。

「さっきの術だよ、治癒《ちゆ》術。それだけの使い手、騎士団にもそうはいないと思うぞ。しかも、その歳で」

「そうでしょうか」

褒《ほ》められたことが照れくさかったのか、エステルがまた少し頬《ほお》を赤くして、首をかしげた。

「騎士団になら、これくらいのことができる人、いくらでもいると思いますけど」

「だとしたら、あいつら、もう少し役に立つ連中になってるんだろうけどな」

元々、治癒術という体系の術、それ自体を使いこなせる人間はそう多くない。あれは魔導器《ブラスティア》の力を借りたとしても、非常に高度な技術と生まれもった資質が必要不可欠な術であり、事実、ユーリ自身もこれまで出会った治癒術の使い手は数えるほどだった。加えて、エステルの術はその中でもピカ一と呼べるものだ。たったいま狼《おおかみ》の牙《きば》で切り裂《さ》かれた脚《あし》を一瞬《いっしゅん》にして縫合《ほうごう》してしまう術など、ユーリはほとんど見たことがない。

「まあ、なんにしても——少しくらい自信を持ってもいいんじゃないかって話」

「自信……」

「そうじゃないとこっちも調子が狂《くる》うからな」

と、ユーリは不思議そうな顔のエステルに笑ってみせた。

「たまには『オーホッホ、礼など必要なくってよ、ユーリ。貧乏人《びんぼうにん》に慈悲《じひ》を恵《めぐ》んであげるのは当然のことですもの』くらいのことは言ってくれ。でないと、オレの中の貴族のお嬢様《じょうさま》のイメージが崩《くず》れる」

「そ、そんなこと言えません……。第一、それ、自信とは関係ないと思います」

「そうかな？　オレにとっては、自信たっぷりのお嬢様ってそういうイメージなんだが」

「偏見《へんけん》です、ユーリ」

しかし、なにはともあれ、この少女が単に守られるだけのお嬢様でないことは確かであった。治癒術の件もそうだが、こう見えて、この少女は剣《けん》もなかなか使える。出会ってすぐのころは、ユーリも無力なお嬢様の護衛役をやらされている気分だった。が、すぐにその感覚は捨てた。エステルは決してか弱いだけの少女ではない。少なくとも、剣と術の腕前《うでまえ》に関しては、いますぐあの帝国《ていこく》の騎士《きし》団に入っても十分通用するレベルにあるだろう。旅の同行者としても、お荷物というわけではなく、先刻のようにこちらが助けてもらうことも多い。

ただしだ。

「そ、それはそうと……ユーリ」

前を歩きながら、今度はエステルのほうが恐《おそ》る恐るユーリに話しかけてきた。

「なんだ？」

「このクオイの森は呪《のろ》いの森と呼ばれていると本で読んだのですけど——いまのところ、普通《ふつう》の森にしか見えませんよね？」

「そりゃ……」

「わたしはてっきり、夜な夜な呪いの儀式《ぎしき》をしている悪い魔法使《まほうつか》いのお婆《ばあ》さんや、子どもを頭からぱっくり食べてしまうお化けキノコなどが出てくるのかと思っていたのですけど」

「…………」

「しくしく泣きながら走る、く……首なし騎士もいないみたいですし」

まあ、こういうお嬢《じょう》さんなのである。

「いや、あのな、エステル」

ユーリはため息まじりに、

「本で得た知識をそのまま現実にあてはめるのは——というか、お前、いろんな怪談《かいだん》がごっちゃになっているような……」

しかし、ユーリが言いかけたそのときであった。

先頭を行っていたユーリの相棒、ラピードの足がぴたりと止まった。いや、それだけではない。道の先からかすかに聞こえる奇怪《きかい》な鳴き声。一種類ではなかった。いくつもの声が重なり、森の木々の間を反響《はんきょう》している。いまのいままで後ろの会話など気にも留めていない様子で歩いていたラピードが身を伏《ふ》せ、低くうなる。

「ラピード？」

駆《か》け寄ろうとしたエステルの手をユーリが無言で押さえ、そのまま彼女を背後にかばうようにしてラピードと共に前に出た。

＊

円の中心にいるのは二人の少年少女だった。

少年のほうはせいぜい十二、三歳といったところだろう。旅に向いた麻製《あさせい》のズボンを穿《は》いていて、肩《かた》からは大きな鞄《かばん》を提《さ》げていた。加えて、小柄《こがら》な体格には似合わない巨大《きょだい》な斧《おの》。柄《え》を持った両手はぶるぶると震《ふる》え、幼いというより、あどけないと表現したほうがいい顔には冷や汗《あせ》がびっしりと浮《う》かんでいる。

そして、少女だ。こちらは少年よりはいくらか年上だろうか。複雑な印が刻まれたローブと、その下に着込んだ前合わせの衣服は、あきらかに術のスペシャリスト、魔導士特有のものだった。ただし、頭にかぶったフードの隙間《すきま》からわずかに見える顔は整ってはいるものの、明らかに年齢《ねんれい》を積み重ねていない。凹凸《おうとつ》の少ない体つきといい、女らしさがまだ感じられない佇《たたず》まいといい、こちらも少年と名乗っても違和感《いわかん》はないかもしれない。ただ、顔色は隣《となり》で青くなっているもう一人の少年と違《ちが》って、平然としたものだった。

「――ちょっと」

不意に少女のほうが口を開いて、少年に声をかけた。これもごく淡々《たんたん》とした声だった。逆に少年は震える声で応じた。

「な、なに？」

少女はやはりどうでもよさげにたずねた。

「名前、なんて言ったっけ？　あんた」

「な、名前って――カロルだよ。昨日から何度もそう言ってるじゃないか」

ふーん、と少女はつぶやき、

「で、聞きたいんだけど。ガキんちょ」

「カ、ロ、ル！」

「いや、そっちのほうが呼びやすそうだから」

臆面《おくめん》もなく言ってのけてから、少女はちらりと辺りを見回した。

「んで、話を戻《もど》すけど……あんた、あたしに言ったわよね。自分はあの魔物《まもの》狩《が》り専門のギルド、『魔《ま》狩《が》りの剣《つるぎ》』期待の星だって」

「い、言ったよ」

「エッグベア？　そんなのボクにかかればお茶の子さいさいだよ、とも」

「言った、と思う……」

「このボク特製の臭《にお》い袋《ぶくろ》さえあれば、あら不思議。臭いにつられてノコノコ出てきたエッグベアをボクが倒《たお》せば仕事は完了《かんりょう》。天才魔導士のお姉さんは見てるだけでいいよ、とか」

「言った、かな……え？　天才？」

「じゃあ、これは何」

少年の言葉を素早《すばや》くさえぎって、少女は森の木々が途切《とぎ》れて広場のようになったその場所、自分たちの周囲を円形にぐるりと囲んだそれらを指さした。

「ガルルルルル……」

「クケーッ、クケーッ！」

「ウォォォォォン！」

「ギャギャッ、ギャアッ！」

うなり声は複数、わだかまる影《かげ》は大量。人の背丈《せたけ》ほどはありそうな怪鳥《かいちょう》に、自力で地面を走る人食い植物。顎《あご》の下まで鋭《するど》い牙《きば》が伸《の》びた狼《おおかみ》、鋭い羽音を鳴らす巨大蜂《きょだいばち》。いるわいるわ、そこはまさに魔物《まもの》の叩《たた》き売りと呼んでも不思議はないくらいの、魑魅魍魎《ちみもうりょう》の巣と化していた。しかも、全《すべ》ての魔物が互《たが》いに争うことをせず、じりじりと少年少女に向かって包囲の輪を狭《せば》めつつある。

「なんで、森中の魔物が集まってくるのよ？　しかも、まだ罠《わな》を仕掛《しか》ける前だったってのに」

少女があくまでも冷静に問いかけると、少年は「あはは」と引きつった笑顔《えがお》を作ってみせた。

「少し臭いの元を強力にしすぎたのかも……袋《ふくろ》から漏《も》れてて、それで――」

少女はぽりぽりと頰《ほお》をかいた。

「まあ、エッグベアも一緒《いっしょ》に混ざって出てきてるみたいだから、それなりに目的は達成してるけどね」

「じゃ、じゃあ……」

しかし、瞬間《しゅんかん》、目を輝《かがや》かせた少年めがけて、少女の矢のような鉄拳《てっけん》が飛ぶ。

「ふぎゃ！」

「だから、これくらいで勘弁《かんべん》しとく」

「い、痛い痛い！　グーで殴《なぐ》った」

「うっさい。……あーもう。やっぱり一人でやればよかった」

ぼやきながら、少女は頭を抱《かか》えて座りこんだ少年のことなど放っておいて、一歩前に出た。

「これだから、誰《だれ》かと組むのは嫌《いや》なのよ。余分な苦労は背負いこむし、怪我《けが》でもさせたら、あとでブーブー文句を言われるし」

ぶつぶつと少女は愚痴《ぐち》をこぼすが、実は目の前の状況《じょうきょう》はすでにそれどころではなかった。魔物たちの輪はますます狭まっている。そして、一頭の狼が咆哮《ほうこう》と共に地を蹴《け》って走り出すと、他《ほか》の魔物たちも一気に動いた。円の中心にいる少女と少年に向かって一斉《いっせい》に襲《おそ》いかかってくる。起き上がろうとして再び頭を抱えてうずくまる少年。無感動な眼差《まなざ》しで迫《せま》りくる魔物たちを見ている少女。

「ひゃあ！」

「………………」

先頭を走っていた狼が少女の眼前でより高く飛ぶ。大きく開いた真っ赤な口。少女の喉笛《のどぶえ》めがけ、血に飢《う》えた牙が宙に禍々《まがまが》しい軌跡《きせき》を描《えが》く。だが、

「ギャンッ！」

不意の悲鳴と共に、何かの爆発音《ばくはつ》が起こり、続いてどさりと重いものが地面を転がる音がし

た。まぶたを閉じて地面に伏《ふ》せていた少年が恐《おそ》る恐る目を開く。その眼前で、たったいま自分たちに襲いかかろうとしていた何頭かの狼が体から黒煙《こくえん》を上げて倒れていた。そして、自分たちの周囲を取り囲んでいる丸い膜《まく》のような光。少年には理解できない複雑な古代文字が光の表面に浮《う》かびあがり、まるで無数の帯のように全体を包んでいる。

「え……か、火炎《かえん》の術？　いつの間に……」

光の中心に少女がいた。いつの間にか、頭を隠《かく》していたフードを脱《ぬ》いでいる。術を発動したときの急激な大気の流れで自然にそうなったのだろうか。赤みを帯びた髪《かみ》が周囲の光を反射して輝いていた。そうして、少女は両手を突《つ》き出し、さらなる複雑な印を素早く胸の前で組んだ。少女の詠唱《えいしょう》が響《ひび》き渡《わた》る。さらに強まる光。そうして、少女とその身につけた魔導器《ブラスティア》の力が合わさった術が再び発動した。

「──たゆたう闇《やみ》の微笑《びしょう》！　スプレッドゼロ！」

刹那《せつな》、大気に黒色の結晶《けっしょう》が生まれた。密集した魔物たちの中心。結晶はまるで風船が急激に膨《ふく》らんでいくように大きくなり、次の瞬間、内側から弾《はじ》ける。飛び散った闇のしずくと爆発が周囲の魔物たちを吹《ふ》っ飛ばす。

「グギャーッ！」

「ルオオオオオオン！」

それぞれに耳障《みみざわ》りな断末魔《だんまつま》の叫《さけ》びを残して、次々と倒《たお》れていく魔物たち。あぜんとしてその様子を見ていた少年が「すごい……」とつぶやいた。そして、そのときにはもう、少女のほうは次の術の詠唱を終えていた。

「――怒《いか》りを矛先《ほこさき》に変え、前途《ぜんと》を阻《はば》む障害を貫《つらぬ》け！　ロックブレイク！」

地面に手をついた少女の動きに合わせるようにして、吹き上げられた岩石と土砂《どしゃ》が生き残っていた魔物たちをまとめて薙《な》ぎ払《はら》った。激しい音と震動《しんどう》に少年が思わず目をつむる。そのまぶたが再度開いたとき、辺りに充満《じゅうまん》していた妖気《ようき》はすでに薄《うす》れていた。土埃《つちぼこり》の中、折り重なるようにして地面に転がる魔物たちの死屍《しし》累々《るいるい》――。

その様子をちらりと見た少女は一つ大きく息をつき、それから展開していた魔法陣《まほうじん》を解いた。

「悪いんだけど……あんたたちの餌《えさ》になってあげるわけにはいかないのよ。まだ山ほどやることが残ってるからね、このリタ・モルディオには」

が、そのときであった。

「リタ！」

「え――」

横手から聞こえた少年の鋭《するど》い叫び。はっとした少女の耳がその音を捉《とら》えたときにはもはや手《て》遅《おく》れだった。立ち上る土煙《つちけむり》を切り裂《さ》くようにして響き渡る重厚《じゅうこう》な足音。一頭しとめそこなっていた。背に銀の毛を生やした巨大《きょだい》な熊《くま》にも似た魔物《まもの》。それこそが彼らが口にしていたエッグベアだ。人間には到底《とうてい》不可能な速度で少女に迫る。

「しまっ……！」

後足で立ち上がり大きく振《ふ》りかぶった太い腕《うで》。鈍《にぶ》く光る尖《とが》った爪《つめ》。少女の小柄《こがら》な体など簡単に吹き飛ばし、その肉をえぐるだろう。さすがに少女が二の腕で顔をかばい、目を閉じた。だが、そこへ、

「蒼破刃《そうはじん》っ！」

続く痛みはいつまで経《た》っても少女の身には襲いかかってこなかった。森全体が真空にでもなったかのような深い静寂《せいじゃく》。おそるおそる少女が視界を覆《おお》っていた自分の腕を下ろす。ほぼ同時に目の前でどさりと黒い影《かげ》が倒れた。喉笛をえぐられたエッグベア。傷の周囲に刀傷特有のねじれがない。いわゆる衝撃波《しょうげきは》に近い攻撃《こうげき》によるものか。

ぴくぴくと絶命の震《ふる》えだけを繰《く》り返す魔物を見下ろし、それから少女は静かに背後を振り返る。

そこに、剣《けん》を手にした長い黒髪《くろかみ》の青年と一頭の大きな犬、そして、妙《みょう》に小奇麗《こぎれい》な恰好《かっこう》をした一人の娘《むすめ》がいた。

＊

「え……だ、誰《だれ》？」

最初にそんなつぶやきを漏《も》らしたのは、身の丈《たけ》に不似合いな大斧《おおおの》を手にした少年のほうだった。

一方、もう一人の少女は何も言わない。ただじっと、ユーリたちのほうを見ている。何やら値踏《ねぶ》みしているような目だった。

そうして、少女はふいと目をそらした。ローブの裾《すそ》を翻《ひるがえ》し、こちらに背を向ける。

「おいおい」

抜《ぬ》き放った剣を手にしていたユーリはあきれたような声をあげた。たったいま巨大なエッグベアを切り裂いた剣を肩《かた》に担《かつ》ぎ、

「こっちも多大な期待をしていたわけじゃないが、助けてもらっておいてそれか？」

すると、歩きだそうとしていた少女の足がぴたりと止まった。少しはねた髪を揺《ゆ》らし、もう一度こちらを向く。

「……どうも」

素《そ》っ気ない言い方であったが、それはまぎれもなく礼の言葉だった。今度はユーリの顔にやや意外そうな表情が浮《う》かんだ。

「とりあえず、礼儀のれの字くらいは知ってるんだな」

「ユ、ユーリ。だめですよ、そんな言い方をしては……」

隣《となり》にいたエステルがあわてて小声でそんなことを口にして、ユーリの服の袖《そで》を引っ張った。

少女はそんな彼女にもちらと目線を走らせて、

「命を救ってもらった相手に、『頼《たの》んだわけじゃない』なんて口にするほど腐《くさ》ってないわ。こんなところをうろついてるなんて胡散臭《うさんくさ》い二人だなーと思ってたとしても、それとこれとは話が別。実際、助かったし、感謝もしてる」

「ほー」

「それから金銭的な謝礼が必要だって言うなら、そっちはあとにして。悪いけど、いまちょっと手が離《はな》せないのよ。こっちの仕事が終わったら、交渉《こうしょう》にはちゃんと応じるから」

「それはそれは……」

さすがにユーリも苦笑《くしょう》した。なんというか、殺伐《さつばつ》とした相手だ。

だが、少女はそんなユーリにはもう構わず、少し離れたところにいた連れの少年に向き直ると、つっけんどんに指示を出した。

「こら、ガキんちょ。なに、ぼーっとしてんのよ。さっさとエッグベアの爪を切り取りなさい。鮮度《せんど》が命って言ったでしょうが」

「も、もう。カロルだって言ってるのに――」

「ケースに入れたら、あたしが術で氷漬《こおりづ》けにする。簡易式の保冷袋《ぶくろ》みたいなもんだけど、街に戻《もど》るくらいの間は保つでしょ」

「んーっと。消毒と加工は？」

「それは合成屋の仕事……って、あ、馬鹿《ばか》。ちゃんと根っこから切りなさいよ根っこから」

「だって、これ……硬《かた》いよ？」

「あんたの斧はいったいなんのためにあるってのよ？　周りをまずズバーっと斬《き》り落として、そのあとナイフで余計なものを削《そ》げばいいの」

「あ、そっか」

「ったく――」

倒《たお》れたエッグベアを取り囲み、二人で何やらわいわいやっている。にぎやかではあったが、作業自体は割とスプラッタなものだった。なにしろ、死んだばかりのエッグベアからその爪を剝《は》ぎとろうというのだから、それも当然である。

その光景を、気味が悪いというより死んだエッグベアにどこか痛ましげな目線を向けて見ていたエステルが、ユーリにぽつりと問いかけた。

「あの……何をしているのでしょう？」

さあな、とこちらはユーリがどうでもよさそうに応じた。

「少なくとも、オレたちには関係のないことだろうさ」

「でも……」

「まあ、あの連中の好物が熊鍋《くまなべ》料理かどうかは置いておくとして、だ」

なおも言い募《つの》ろうとしたエステルをさえぎって、ユーリはわずかにその瞳《ひとみ》を細くした。

「オレはむしろ、お前の口から飛び出した言葉が現実になったことに驚《おどろ》いてるんだけどな、エステル」

「え？」

「悪い魔法使いねえ……ま、婆《ばあ》さんじゃなくて、どう見ても無愛想《ぶあいそう》でツンケンしたガキって感じだが。――さて、身長はあれくらいだったかな？」

そこで、エステルは気づいた。隣にいるユーリはエッグベアを倒した剣をあいかわらず肩に担いだままだ。

「あの、ユーリ」

「ん？」

「どうして、剣を仕舞《しま》わないんです？　ひょっとして、まだ辺りに……」

整った顔に緊張感《きんちょうかん》を蘇《よみがえ》らせてたずねてくるエステルを、ユーリは横目で見た。そうして、いくらか不敵に唇《くちびる》の端《はし》を上げてみせた。

「見張りに武器は必要だろ？」

「はい？」

「しかも、一度逃《に》げられた相手だからな」

その足元にラピードが座り、じっと前方の少年少女へ深い色をした目を向けている。

程《ほど》なくして、彼らの『仕事』とやらは終わったようだった。

カロルと名乗っていた少年が大事そうに巨大《きょだい》なエッグベアの爪《つめ》を収めたケースを鞄《かばん》に仕舞い、少女のほうはそれを見届けると、ようやくユーリらの前に歩み寄ってきた。

「待たせたわね。改めて礼を言っとくわ。で、謝礼の件だけど——」

「あ、いえ。わたしたちは……」

しかし、言いかけたエステルの前にユーリがすいと出た。

「くれるっていうものを断るのは主義でもないが、その前にだな——リタ・モルディオさんよ」

その手が無造作に、しかし、いつでも反応できる位置で剣《けん》を握《にぎ》っている。

少女が小首をかしげた。

「なんで、あんた、あたしのこと知ってんの？」

「自分で堂々と名乗ってたろ、さっき」

あっ、と小さく声をあげ、口を丸くしたのはエステルだった。

少女は逆に「ああ」と納得《なっとく》したようにうなずいた。

「そこからもう見てたわけね。で？」

「確認しとくがな」

ユーリも態度だけはごく平然とたずねた。

「お前は学術都市アスピオの魔導士、リタ・モルディオなのか？」

「だから、そう言ってるでしょ」

さっとエステルの顔が青ざめ、それとは対照的にユーリはむしろ楽しげに微笑《ほほえ》み、剣をつかんだ手に少し力をこめた。

「なるほど。なら、助けた甲斐《かい》もあったってもんだ。……死んでもらうと、お前が直接持ってないかぎり、下町の魔核《コア》の行方《ゆくえ》も分からなくなっちまうからな」

「はあ？」

今度こそ、少女の顔にぽかんとした表情が浮《う》かんだ。

「なに言ってんの？　あんた」


辺りを漂《ただよ》う魔物《まもの》たちの血の臭《にお》いが濃《こ》くなっていた。

「ふーん……なるほどね。事情は理解したわ」

ユーリとエステルの二人から話を聞いて、リタと名乗ったその少女はいくらか冷たくつぶやいた。こうして、近くで見てみると、割と可愛《かわい》らしい顔立ちをした少女だ。エステルが貴族の令嬢《れいじょう》とすれば、こちらは生意気盛りの町娘《むすめ》といった印象か。しかし、生来のものなのか、どこか他人を寄せつけない雰囲気《ふんいき》がそういったイメージをかなりの割合で拒否《きよひ》している。

「理解してもらえたところで、こっちとしてはさっさと話を進めたいんだけどな。盗《ぬす》んだ魔核《コア》はどこにある？」

半ば駆《か》け引きの意味合いもこめて、ユーリがからかうような口調でたずねると、リタは小さく肩《かた》をすくめてみせた。

「その前にこっちからも聞きたいんだけどね。あんた、その『モルディオ』って名乗った魔核《コア》泥棒《どろぼう》の顔、ちゃんと確認したの？」

ユーリは露《つゆ》ほども動じなかった。

「してない。ただ、背恰好や服装はお前と似ているようでもあり、似てないようでもある」

「つまり、あたしとはっきり確認できたわけじゃない？」

「ああ」

「なるほどね」

もう一度、リタは繰《く》り返し、ふんと軽く鼻を鳴らした。

「じゃあ、仕方ないか。疑われても」

ユーリはすいと眉《まゆ》根《ね》を寄せた。

「さすがに少し意外だな。しらばっくれる気はないのか？」

「面倒《めんどう》」

一言で答えると、リタはさっさとユーリに背を向け、その傍《そば》を離《はな》れた。てくてくと歩き、この森の中でぽっかりと開けた広場の中央に立つ。

「それに、あたしがくどくど弁解したところで、あんた、聞く耳あるわけ？」

「まあ、どっちかっていうと、いまの気分はないほうに傾《かたむ》いてる」

「でしょ。なら、弁解なんて無駄《むだ》。無駄なことに時間を使うほど、あたしは暇《ひま》してないの」

言いながら、リタはくるりと振《ふ》り返った。真っ直《す》ぐにこちらに向けられた視線。その意味を感じ取り、ユーリはやれやれと剣を持っていないほうの手で首筋をかいた。

「話が進んでいるようで、まったく進んでないぜ？　仮にも命の恩人相手とやり合おうっていうのかよ？」

「命の恩人だろうがなんだろうが」

リタの両手が胸の前に上がった。人差し指と中指が重なり、ぴんと伸《の》びる。魔導士が術に入る直前によく見せる仕草だ。

「顔を合わせたばかりの相手に泥棒《どろぼう》呼ばわりされて大人しくしてるほど、あたし、心が広くないのよね」

「謝礼はどうなった？　いまなら、魔核《コア》一個で手を打ってもいい気分でもあるんだがな、こっちは」

「ないものを取引には使えない」

「そりゃどうも。ま、確かにこのほうが話は早いか。死なない程度の加減って結構苦手なんだが」

「必要ないでしょ。倒《たお》れるのはたぶんあんた。こっちが加減するから、気を失ったあとの介抱《かいほう》はそこのお嬢《じょう》さんにしてもらったら？」

「世知辛《せちがら》い話だねえ」

ユーリも下に向けていた剣《けん》をすっと構えた。瞬間《しゅんかん》、ぴんとその場の空気が張り詰《つ》める。息詰《いきづ》まるような緊張感《きんちょうかん》が周囲に満ちる。

が、そのときであった。

「待って！　待ってください、ユーリ」

不意に声をあげ、二人の間に割って入ったのはエステルだった。さらに、横からあのカロルと名乗った少年もそれに同調する。

「そ、そうだよっ、リタ。大体、エッグベアの爪《つめ》はどうするの。早くハルルに持って帰って調合してもらわないと」

「もう少し、よく話を聞いて……」

しかし、二人が言っても、ユーリは剣を下ろさず、リタも手を下げない。

「ユーリ！」

「リタ！」

再度、互《たが》いに名を呼ばれたところで、ユーリが初めて小さく息をついた。剣を下げ、

「お互い、連れとの意見のすり合わせが必要みたいだな」

「…………」

リタは構えた姿勢を崩《くず》さず、無言だった。その少女に向けて、ユーリは戦意のないことを示すように剣を鞘《さや》に収めた。

「それとも一つ。この血の臭いだと、ぐずぐずしてると、すぐにまた別の魔物がやってくるぞ。とりあえず話の続きは森を抜《ぬ》けてからってことでどうだ？」

ようやくリタも構えを解いた。

「あたしにかけられた疑いは保留ってこと？」

「そう長く待つつもりもないけどな」

ユーリはふっと笑ってみせた。

「ついでに、今度はお前が逃《に》げようなんていう考えを実行しないことを希望しとく」

「ふん。今度も何も、あたしはあんたから逃げたことなんかないし、逃げる必要もないわよ」

不機嫌《ふきげん》そうに言い返してから、リタは脱《ぬ》いでいたフードをまた頭からかぶった。

＊

帝都《ていと》ザーフィアスの北にあるデイドン砦《とりで》からさらに街道《かいどう》を北上した場所にその街はある。

花の街ハルル。

なぜ花の街などという名がつけられているのかというと、もちろん理由があった。本来、人の住む街は結界魔導器《シルトブラスティア》によって守られている。徘徊《はいかい》する魔物《まもの》を退け、街全体を覆《おお》い尽《つ》くす広域型の結界。しかし、このハルルにはいわゆる帝都ザーフィアスを守っているもののような、機械的な構造をした結界魔導器《シルトブラスティア》はない。ここの魔導器《ブラスティア》はいささか特殊《とくしゅ》なのである。

ハルルの樹——。

「魔導器《ブラスティア》の中には植物と融合《ゆうごう》し、有機的特性を身につけることで進化するものがある……です」

「博識だな、エステル」

「本で読みました」

「あー。そう。……ほんとに合ってんのかな、それ……」

「なにか言いました？　ユーリ」

「いや。なんにも」

「？　とにかく、その代表格が花の街ハルルの結界魔導器《シルトブラスティア》なんだそうです」

街の中心にそびえる巨大《きょだい》樹木。それが、ごく自然に魔物たちを寄せ付けない結界を作りあげ、街を守り続けているのだった。

「――で、あれがそのハルルの樹とやらか」

あのあとは何事もなく暗いクオイの森を抜け、道が街道と合流したところで、ユーリは額に手をかざし、かなたにある街を遠望した。帝都ザーフィアスのような巨大都市ではない。しかし、そこには確かに人の集落があった。立ち並ぶ家屋の中心部がやや盛り上がっているように見えるのは、丘《おか》の上に家々が建てられているせいだろう。そして、その家々の最上部、これだけの距離《きょり》がありながらも、はっきりと形を見てとれる大きな樹の影《かげ》。

「確かに、あれだけでっかい木が花を咲《さ》かせりゃ壮観《そうかん》だろうな。花の街ね、ふむ」

「でも――」

そこで、ユーリの隣《となり》を歩くエステルが首をかしげた。

「なんだか、様子が変です」

「だな……」

道が街に近づくにつれ、異常はよりはっきりとしてきた。

「結界がない……」

「役に立ってねえぞ、あの樹。あれじゃ魔物も入り放題だ」

「どういうことでしょう？」

エステルとユーリがもう一度首をひねり、そこに前方から不機嫌な声が飛んだ。

「ちょっと。ちんたら歩いてないで、ちゃんと付いてきなさいよ。急いでるって言ったでしょうが、こっちは」

前を行くのは、例の大きな斧《おの》を担《かつ》いだ少年カロルと、魔導士リタ・モルディオ。もちろん、叱《しか》り飛ばしてきたのは少女リタのほうである。

ユーリは軽く頭をかいた。

「……一応、ハルルにつくまでは休戦。それでも監視《かんし》してるのはこっちのつもりだったんだけどな。無愛想《ぶあいそう》、ツンケンときて、さらに仕切り屋ときたか」

「聞こえますよ、ユーリ」

小さな声で応じたエステルはなぜか笑顔《えがお》だった。

「でも、無愛想というより、元気のいい方ですね。きびきびしてます」

「お前と同じで、イメージが崩れるよなあ。魔導士ってもう少しこう……」

「もう。……あの、でも、ユーリ」

「なんだ？」

「わたしにはあの人、やっぱりそんな悪い人には見えません」

「悪い人に見えない人がみんな善人なら、たぶん世の中もっと分かりやすくて平和だと思うぜ？」

「それは……そうかもしれませんけど」

街道をさらに進み、街の入口に到着《とうちゃく》する。

街の中に足を踏《ふ》み入れると、異常はもはや誰《だれ》の目にも明らかだった。すでに夕暮れ時を迎《むか》えつつある頭上の空。赤みを帯びたそこにさえぎるものが何もない。つまり、あの帝都ザーフィアスや他《ほか》の街の空に浮《う》かぶ光輪、結界の存在を示す輝《かがや》きがどこにもない。

さらに街全体の空気もどこか暗かった。通りに人の影はほとんどなく、どの家も堅《かた》く扉《とびら》を閉《と》ざしている。一方、街の周辺部には武器を手にした見張りの人間の姿。門番はユーリたちが街に入ることにはさして異論を唱えなかったので、あれは結界がないせいで襲《おそ》ってくる魔物を警《けい》戒《かい》しているのだろう。

街の中心部、細く長く伸《の》びた通りをリタとカロルの二人が先頭で歩き、そのあとをユーリとエステルとラピードが追った。前方に見えるハルルの樹はますますその巨大さを増していた。そうして、彼らの足が通りの三つ目の角を曲がったとき、横手にあった一際《ひときわ》大きな家から、一人の老人が飛び出してきた。

「おおっ。御戻《おもど》りになられたのか、リタ殿《どの》、カロル殿」

「うん！　ただいま、長老さん」

一人元気よく返事をしたのはカロル。だが、リタのほうは笑顔で近づいてきた老人のことなど見向きもせず、カロルの頭を突《つつ》いた。

「ガキんちょ。東向かいの合成屋にエッグベアの爪《つめ》を届けてきて。他の準備はもう済んでるころだから」

「オッケー」

「もし済んでないようだったら、あのおっさんのカボチャ頭、二、三発張り飛ばして作業を急がせなさい」

「それは——たぶんできないよ……」

たったったと軽快な足音を残して、カロルがその場を走り去っていく。少年の後ろ姿を見送った老人がさらに目を輝かせてリタに向き直った。

「では、首尾《しゅび》はうまくいったのですな」

「ま、ね」

リタが初めて老人に素《そ》っ気なく応じた。

「足りない材料はあれだけだったから。明日の夜にはパナシーアボトルも完成してると思う」

「ならば……」

「うまくいく……いや。いかせるわ、絶対」

「おお。ありがとうございます。本当にお二人にはなんとお礼を言ってよいものやら——」

「それはうまくいったあとでいい」

話を続ける二人の姿を少し離《はな》れたところから見ながら、ユーリが横のエステルに小声でたずねた。

「パナシーアボトル？　万能解毒薬《ばんのうげどく》って言われてるあれか？」

「え、ええ、たぶん。わたしも前にお城で一度だけ実物を見たことがあります」

「かなり高価な代物《しろもの》だよな。そのぶん、効き目も抜群《ばつぐん》だそうだが」

「誰か……治療《ちりょう》しなければならない方がここにいらっしゃるのでしょうか？」

「まあ、結界がねえからなあ。魔物《まもの》に襲われた人間でもい……」

しかし、ユーリが言いかけたときだった。

「違《ちが》うわよ」

いきなり老人と話していたリタが振《ふ》り返った。

「っと……聞こえてたのか」

「ええ。街の外にいたときからずーっとね。あんたたちがコソコソ話してたことも全部」

あわわ、と口を押さえたのはエステルだった。

「あ、あの……リ、リタ……？　その、わたしたちはですね……というか、ユーリはですね。何もあなたの悪口を言っていたわけじゃ……」

だが、あたふたと言いかけるエステルをリタはものの見事に無視した。

「付いてくる？　とりあえずあたしとしても、こっちの件が終わるまでは、あんたたちとやり合うのは後回しにしてほしいから。事情くらいは説明してあげるけど？」

ユーリは腕組《うでぐ》みをしたまま、しばし無言だった。そうして、じっとリタの顔を見つめてから、やがて苦笑いした。

「要するに、お前はそれが地なんだな？」

「はあ？　なによそれ」

「なんでもない。……口の悪さと性格の悪さは別物ってか」

「ちょっと……」

「ま、構わないぜ。どうせ、ここまで延期してんだ。もう少し延期してもいいだろ」

ユーリは平然と言ってから、頭の上で赤くなった空を見上げた。


「ハルルの樹はね——」

土がむき出しになった坂道を登りながら、リタが口を開いた。

「毎年、花が咲《さ》く時期が近づくと、一時的に結界が弱くなるのよ」

「そこを魔物に襲《おそ》われましてな」

補足して説明したのはリタと並んで歩いていた街の長老だった。ユーリは「ふ～ん」と相槌《あいづち》を打った。

「で、いまがまさにその時期ってわけか」

「街の結界が消えているのもそのせいなんです？」

エステルがたずねると、リタはかぶりを振った。

「違《ちが》う。蕾《つぼみ》の季節はもう過ぎてるわ。……問題はそこなのよね」

「？」

やがて道は行き止まりになる。頂上とも言えるそこは、少し開けた空間だった。ただしである。

「うわあ……」

「近くでみると、ほんとでっけ～」

思わず感嘆《かんたん》の声をあげるエステルとユーリの前に壁《かべ》があった。いや、それは本当に壁としか表現できないような大きさなのだった。空間の中央部、圧倒《あっとう》的なまでの存在感を漂《ただよ》わせ、地面に根を生やしているハルルの樹。幹の円周はいったい何人の子どもが手を繋《つな》げば取り囲めるのだろうか。五十人か。百人か。もっとかもしれない。ともかく、それはもはや一本の木というより、空を支える柱のようでもあった。

「花が咲いているところ、見てみたいですね」

言いながらエステルが木の根元に近づこうとする。だが、不意にその手をリタが掴《つか》んで引き戻《もど》した。

「え――」

「不用意に近づかない」

「で、でも……」

確かに、とうなずいたのはユーリだった。

「見事といや見事なんだが……元気ないな、この樹。それに、なんかこう、妙《みょう》な雰囲気《ふんいき》があるような」

リタがエステルの手を放して振り返った。

「下。地面よ」

「地面？」

ユーリが目線を下げる。たちまち、その顔に少し険しいものが浮《う》かんだ。

「こいつは——」

巨大《きょだい》な根が埋《う》まった土。夕日を浴びて黒ずんで見える。だが、それは何も夕日のせいばかりとも言えないようだった。

リタがまた言った。

「毒よ」

「毒、だと？」

「ええ。最初に街が魔物《まもの》に襲われたとき、ここにも魔物が入りこんだらしくてね。幸い魔物は倒《たお》せたそうなんだけど、その中に血が毒を含《ふく》んでる魔物がいたみたいなのよ。死骸《しがい》から土に毒素が浸《し》みこんじゃって、そのせいで樹がほとんど枯《か》れかけてるの」

初めは私たちにも原因が分からなかったのです――とため息まじりに口を挟《はさ》んだのは、あの長老であった。

「なぜ、突然《とつぜん》、木が枯れはじめたのか。そのとき、街の警護をお願いした『魔狩《まが》りの剣《つるぎ》』の方々の中にいらっしゃったカロル殿《どの》が、原因を突《つ》き止めてくださいましてな」

へえ、とユーリは意外そうにつぶやいた。

「あのお子様、結構凄《すご》いんだな」

「しかし、カロル殿にも毒を取り除くことはできませんでした。そこで、学術都市アスピオに知らせの者を送って――」

「で、お前が来たってわけか」

ユーリがハルルの樹を見上げているリタの横顔に目をやる。だが、リタはユーリの問いかけには答えず、つぶやくように説明を続けた。

「問題は、浸みこんだ毒が一種類じゃないってこと。本来、毒素を解消するには、それに合わせた解毒剤《ざい》を用意するべきだし、そのためには木を枯れさせてる毒をそれぞれ分析《ぶんせき》する必要がある。けど、そんな手間と時間をかけてたら、樹が完全に枯れてしまう。だから――」

「パナシーアボトルってことだな」

ユーリも目をそらし、再び樹を見上げた。

「なるほどねえ。治療《ちりょう》する相手は人じゃなく樹か」

「ま、あれだって全部の毒に効くかどうかは分からないんだけどね。ただ、大部分の毒を弱めてしまえば、ハルルの樹の生命力とそれに融合《ゆうごう》した結界魔導器《こ の 子》なら――」

と、そのときだった。

「きっと……って、え？　な、なに？」

突然の泡《あわ》を食ったような声。怪訝《けげん》に思ったユーリが声のした方角を見ると、そこには目をまん丸にしたリタと、逆に瞳《ひとみ》をきらきらと輝《かがや》かせ、さらにリタの両手をぎゅっと握《にぎ》ったエステルの姿があった。

「ちょ、ちょっとなにを……」

「やっぱりあなたはいい人です、リタ」

抗議《こうぎ》の声をあげようとするリタに対して、問答無用とばかりにエステルは感動しきった声でまくしたてた。

「困っている街の皆《みな》さんのために、わざわざアスピオから駆《か》けつけてくださったんですね。しかも、危険を冒《おか》してまでパナシーアボトルの材料を取りにいこうとするなんて。――ユーリ。やっぱり、この人は違《ちが》いますよ、絶対」

「あー……まあその、なんだ。エステル」

盛り上がるのはいいが、相手、引いてるぞ――とユーリが頭をかきながら促《うなが》そうとしたとき、当のリタがぱっとエステルの手を振《ふ》りほどいて距離《きょり》を取った。

「や、やめてよっ。そんなんじゃないったら」

「でも」

「そんなんじゃないの！」

なおも言い募《つの》ろうとしたエステルに向かって、リタがそれまでと違《ちが》い、むきになったように言い返した。が、そこでなぜか少女の顔にはっとしたような表情が浮かぶ。

「リタ？」

「……そんなのじゃないわよ、あたしは」

最後は一転、ぽつりとした言葉だった。

ユーリは無言でちらりとその顔に視線を走らせた。

＊

空に月が出ている。

街の一角にある小さな宿屋。自分とエステル、二人分の部屋をとったあと、ユーリらは一階にある食堂で遅《おそ》めの夕食をとった。それから、ユーリは部屋には戻《もど》らず宿の外に出ようとした。

「どこに行くんです？　ユーリ」

「ん。夜道の散歩。お前は部屋に戻ってろよ、エステル。疲《つか》れてるだろ」

「はあ。それは構いませんけど」

「じゃ、そういうことで。――ラピード。お前は付き合うか？」

「ウォン！」

相棒のラピードだけをお供に、ユーリは宿屋から街外れに向かった。

ハルルの街にはあの帝都《ていと》ザーフィアスにあるような城壁《じょうへき》の類《たぐい》はない。街の周辺部には申し訳程度の土が盛られているくらいで、それは言い換《か》えると、結界魔導器《シルトブラスティア》がなければひどく無防備であるということでもあった。少なくとも結界の存在なくして、この街は周辺を徘徊《はいかい》する魔物たちから身を守る術を持たない。そのせいか、街外れといっても、そこには夜になっても見張りの火が焚《た》かれ、おそらく街の人間なのだろう、武器を持った人々の姿もあった。ユーリはその姿を横目で見ながら、ラピードと共に、街の周辺部をのんびりと歩き続ける。

と、そこで、ユーリは見張りの火がやや途切《とぎ》れた場所、街外れに植えられた一本のブナの木の陰《かげ》に一人の少女の姿を見つけた。この暗さでも誰《だれ》かはすぐに分かった。少しはねた髪《かみ》が印象的な魔導士の少女。

「よう」

ユーリが声をかけると、その少女、リタ・モルディオは振り返った。だが、それだけだった。木の幹に背を預けたリタはユーリの顔を見ても何も言わず、すぐに前を向く。視線は街の外に

向けられていた。

ユーリは軽く首をすくめた。

「長老の家に泊《と》めてもらうんじゃなかったのか？　それとも街を救う偉大《いだい》な魔導士さまには、じいさんの家なんぞ肌《はだ》に合わないってか？」

「……そういうあんたこそ」

ようやくリタが返事をした。

「夜もあたしの監視《かんし》？　心配しなくても逃《に》げたりしないわよ。少なくとも、ハルルの樹が治るまでは」

「だろうな」

ユーリは平然と同意した。

「第一、逃げる必要ないんだろ、お前」

「ええ。これっぽっちも」

「なら、オレも監視する必要はないってこった。ただの散歩だよ、これは」

ユーリの足元でラピードがあくびをする。

その姿と隣《となり》のユーリをリタは横目でじろりと見比べた。そうして、少女はフンと機嫌《きげん》の悪そうなつぶやきを漏《も》らした。

「大体、あたしなんかより、そっちのほうがよっぽど怪《あや》しい組み合わせだと思うんだけど。なんなのよ、あんたたち。どう見ても、全員、普通《ふつう》の旅人って感じじゃないし」

「オレの目的は知っての通り。で、このラピードはオレの相棒でオレに付き合ってくれてる。エステルは……そうだな。平たく言えば、人探しってとこか」

「人探し？　あの子、たぶん結構いいとこのお嬢様《じょうさま》でしょ？　それがなんであんたみたいのをお供にしてんのよ？」

「色々あんだよ。──まあ、その話は置いといて」

言いながら、ユーリは辺りの街の景色《けしき》を見渡《みわた》した。

「しかし、この街の連中も大変だな。水道魔導器《アクエブラスティア》なんかもそうだが、魔導器《ブラスティア》の故障ってのは、本気で生活に響《ひび》くからな。まして、結界魔導器《シルトブラスティア》となれば命にも関《かか》わってくる」

リタが沈黙《ちんもく》する。ユーリは構わず続けた。

「ま、それも明日にはあのカロル大先生と偉大なアスピオの魔導士様のおかげをもって解決するんだろうが」

それを聞くと、リタの眉《まゆ》がぴくりと動いた。初めて、体ごとユーリに向き直って、

「なに？　まさか、あんたも、あのエステルって子と同じで、あたしのことを街のみんなのために働く慈悲《じひ》深い御方《おかた》だとでも言いたいわけ？」

「さあなあ」

ユーリはリタのほうを見ずに、素知らぬ顔であさっての方角に目をやった。

「本人は違《ちが》うとか言ってたし。そもそも、オレはお前を魔核泥棒《コアどろぼう》と思ってるし」

「言っとくけどね」

ユーリの態度が癪《しゃく》に障ったのか、リタの声が熱を帯びた。

「あたしは泥棒《どろぼう》じゃないけど、あの子の言うような人間でもないの。というか、はっきり言ってどうでもいいわよ、他人のことなんて」

ほお、とユーリは小さく笑った。

「それはまた冷たいことで。けど、あんまり説得力はないな。実際、お前、ハルルの樹を治そうとしてるじゃねえか。それとも長老が払《はら》ってくれる謝礼目当てか？」

「はん。金で動くほど、アスピオきっての魔導士、リタ・モルディオは安くないわ。あたしは、あの子を守りたいだけよ」

これにはさすがにユーリも振《ふ》り返った。目をしばたたかせて、こちらをにらんでいるリタを見る。

「あの子？」

「ハルルの樹よ」

そう言って、今度はリタのほうが周囲の街の様子に目をやった。

「あたしが関心があるのは魔導器《ブラスティア》だけ。特にハルルの樹は研究対象としても興味深い魔導器《ブラスティア》の一種だからね。……それに。見てなさい。次に魔物《まもの》が襲《おそ》ってきて、街に被害《ひがい》が出るようなことがあったら、この街の人間、あの子に文句を言い始めるから」

　ユーリはぽかんとした顔になった。

「なんだって？」

「街が襲われたら、そのうちハルルの樹をボロクソにけなすようになるって言ったの。役立たずだのなんだの言い始めて。いつもそう。それまで散々、あの子たちの世話になっておきながら、いざ自分たちの役に立たないとなると――」

「いや。待て待て」

　思わずユーリも少女の言葉を押しとどめた。

「なんつーか、お前の言うこと、いろいろ突《つ》っこみどころがある気がするんだが……」

「どこが変だっていうのよ」

「つまり――」

　そこで、ユーリは一度間を置いた。考えをまとめるように呼吸を整えて、

「まあ、なんていうか……その、ボロクソにけなすなんてことにはならないんじゃないか？　あの長老もそうだったが、街の人間はみんな、いままでハルルの樹が街を守ってくれてたことに感謝してるみたいだし。いまの状態も心配してる感じだったぞ？」

「いまはね」

　リタは平然と認めた。

「でも、たぶん長くはない。そういうもんでしょ、人間って。役に立ってる間は、街の守り神だのなんだの崇《あが》める。でも、役に立たなくなったらもう用なし。で、実際に災難が自分たちにふりかかってくると、責任はよそに押し付けたがるの。こんなことになったのは、肝心《かんじん》なときに壊《こわ》れた魔導器《ブラスティア》のせいだってね」

「それは——」

いや、決してないとは言い切れないのかもしれない。

リタがさらに言った。

「勝手なもんよ。それまであの子たちは一言の文句も言わずに働いてくれてたって言うのに。動かなくなったら、ただのゴミ扱《あつか》い。あたしはそういうのが気に食わないし、あの子たちのことをそんなふうに言わせたくない」

ようやくユーリは理解した。

これは要するに価値観の違《ちが》いだった。この少女と自分とでは……いや、ごく普通の感覚を持った人間とでは、魔導器《ブラスティア》というものの捉《とら》え方が違う。大抵《たいてい》の者にとっては、魔導器《ブラスティア》はあくまでも道具にすぎない。便利な効能を持つ道具、機械。しかし、おそらく、この少女にとってはそうではない。それはつまり——。

「えーっと……なんと言ったものやら」

ユーリは傍《かたわ》らにいるラピードの首筋を撫《な》でて、首をひねった。

「結論としては――お前は魔導器《ブラスティア》が好きってことでいいんだな?」

リタの目が大きく見開いた。そうして、少女はさっと素早《すばや》くユーリに背を向け、再びブナの木に寄りかかった。忌々《いまいま》しげにつぶやく。

「……あほらしい。なんだって、あんたにこんなこと熱く語らなきゃいけないのよ」

「わりいな。昔っから、人に話をさせるのはうまいほうなんだよ」

ユーリは再び笑った。

「それに、なかなか面白《おもしろ》い話だったぜ」

リタがそれはそれは剣呑《けんのん》な眼差《まなざ》しをユーリに向けてきた。

「あんまりくだらないこと言ってると、こっちから森での続きをやりたくなるわよ」

「そいつはあるとしても明日だ明日。ま、お前が本当に逃《に》げ出さなかったとしたら、だが」

「なんですって」

「はは。んじゃ、おやすみ」

ユーリはやはり笑いながら、それでも少女をこれ以上刺激《しげき》しないよう、軽く手を振《ふ》って、その傍《そば》を離《はな》れた。

通りの最初の角を何気なく曲がったところで、ユーリはひょいと近くにあった街路樹の裏に手を伸《の》ばした。

「きゃっ」

とたんに手の先から小さな悲鳴が響《ひび》く。首根っこを掴《つか》まれて、じたばたしているお嬢様《じょうさま》の図。

ユーリはやれやれと注意した。

「盗《ぬす》み聞きとは、お嬢様らしからぬはしたなさなんじゃないのか、エステル」

「あ、わ、いえ、これは、その……はい。すみません、ユーリ」

じたばたをやめて大人しくなったエステルが、しゅんとなって謝る。ユーリは笑って手を放した。

「まあ、本当に謝る相手はオレじゃないんだろうが――って、こら、どこに行く」

「謝ってきます、リタに」

「いや、だからな……」

こういうお嬢《じょう》さんである。

ユーリが今度はため息をついて、

「まあ、あいつは気づいてなかったみたいだから、いいんじゃないか。別に」

「でも」

「嫌《きら》いじゃないんだろ？　あいつのこと」

それを聞くと、エステルは少し真面目《まじめ》な顔になった。目の前にいるユーリを真っ直《す》ぐに見上

げて、

「ユーリ」

「なんだ？」

「わたしはやっぱりリタは魔核《コア》を盗んだりしてないと思います」

真摯《しんし》な少女の眼差し。それに対して、ユーリはあっさりとうなずいてみせた。

「ああ。知ってるよ」

「え――」

「理由その一。まず、オレの相棒が無反応」

そう言って、ユーリが見た先にいるのは一頭の大きな犬。眠《ねむ》いのか、またあくびをしている。

エステルがたずね、ユーリはもう一度うなずいた。

「ラピード……？」

「オレはザーフィアスであの魔核《コア》泥棒《どろぼう》の顔を見てないが、ラピードはあのとき、あいつに噛《か》みついたからな。で、ラピードはそういう相手の匂《にお》いを絶対忘れたりしない」

これを聞くと、ラピードはそれまでの態度から一転、何やら誇《ほこ》らしげに胸をそらした。……ひょっとして言葉が分かるのだろうか。

「そして、理由その二。長老の話だと、ハルルの樹の件をアスピオに連絡《れんらく》したのはちょうど四日前だそうだ。つまり、その時点であいつはアスピオにいたってことになる。てか、長老の使いがちゃんと姿を確認してる」

ユーリはぽかんと口を開けたままのエステルに、やはり平然と語った。

「で、ザーフィアスでオレがあの魔核《コア》泥棒とやりあったのは、五日前。この間、誤差一日。あいつが犯人なら、そのたった一日の間にザーフィアスからアスピオに移動してなきゃいけない。

――どう考えても不可能だ。空でも飛べるっていうならともかく」

ユーリはうむとうなずき、エステルは永遠にほけっとしたままだった。

しばしの静寂《せいじゃく》――。

そうして、エステルがようやくおそるおそるたずねてきた。

「……ユーリ」

「ん？」

「ひょっとして、最初から分かっていたんです？」

「まあ、ある程度は」

「だったら、どうして、あんなことしたんですっ」

あんなことというのは、クオイの森での一件を言っているのだろう。ユーリは「ん～」と首をひねった。

「それは……」

「それは!?」

詰《つ》め寄るエステル。さらに首をひねるユーリ。そして、

「退屈《たいくつ》だったから——かな？」

再びの静寂。エステルが完全に固まっている。ユーリがその顔を覗《のぞ》きこむと、少女は「はー」と深いため息をついた。

「ほんとにもう……フレンも言っていましたが、ときどき訳が分かりません、あなたは。ユーリ」

「といっても、実際あのときはまだ完全に疑いが晴れるまではいってなかったからな」

ユーリは口笛でも吹《ふ》きそうな口調で応じた。

「確信したのは、この街に来てからだ」

「だとしても、なんですけど」

「うっとうしい森林浴をまぎらす清涼剤《せいりょうざい》くらいにはなっただろ。——というか、それはそれとしてだな、エステル」

「はい？」

「そもそも、お前、どうしてこんなところで盗《ぬす》み聞きなんかしてるんだ？　部屋に戻《もど》ったはずじゃなかったのか」

これを聞くと、エステルは急に表情を変えた。やや悪戯《いたずら》っぽいとさえ言える笑《え》みをその端整《たんせい》な顔に浮《う》かべて、

「それはたぶん、あなたと同じ理由です、ユーリ」

ユーリが押し黙《だま》る。エステルは楽しげに続けた。

「リタも同じ理由なんでしょうね。だって、ほら」

言いながら、エステルは通りの角からひょいと顔を出して、道の先を見た。そこには例の少女、リタ・モルディオの姿がまだある。最前と変わらず、ブナの樹に背を預けたままの姿勢で目線を周囲に向けている。――特に街の外側へ重点的に。

「そういえば、あの子――カロルでしたっけ？　あの子の姿も途中《とちゅう》で見かけましたよ。といっても、あの子はユーリと違《ちが》って素直《すなお》に『魔狩《まが》りの剣《つるぎ》の名にかけて、街を魔物《まもの》なんかに襲《おそ》わせちゃいけないんだ。だから見回り中』って言ってましたけど」

ユーリはやはり沈黙《ちんもく》したまま、ただ鼻の頭をかいてみせた。エステルはその仕草をおかしそうに見てから、

「わたし、リタとお話してきます。リタが一緒《いっしょ》なら、ユーリも危ないから帰れなんて言わないでしょう？」

とうとうユーリは苦笑いした。

「あんまり邪魔《じゃま》はしないようにな。それと、あいつの場合、やってることは同じでも、動機は違《ちが》うようだから、変に持ち上げてまた怒《おこ》らせたりするなよ？」

――あの子たちのことをそんなふうに言わせたくない。

だから、あの少女はああしてハルルの樹が治るまで、街が魔物に襲われたりしないよう見張っているのだろう。

「はい。努力してみます」

ユーリの言葉にあいかわらずの笑顔で元気良く答えるなり、エステルは通りに出て、すたすたと前方の少女に近づいていった。いきなり背後から声をかけられて、当のリタは少し驚《おどろ》いた様子だった。だが、エステルは構わずそんなリタに対してあれこれ話しかけている。

その様子を遠くから眺《なが》めて、ユーリは肩《かた》をすくめた。

「なんで、あんな愛想《あいそ》のないやつがいいのかね」

お嬢様《じょうさま》の考えることのほうがよく分からん——そんなことをつぶやいてから、ユーリは彼女たちとは逆側の通りに向かった。

＊

翌日の晩。

澄《す》んだ月明かりの下、街の中央部にあるハルルの樹の前には、多くの人間が集まっていた。長老を始めとした街の人々。その中心には無論、リタ、カロル。さらにユーリとエステルも彼らの傍《そば》にいた。

「ガキんちょ」

「ボクがやっていいの？　リタ」

「ここまで来れば、誰《だれ》がやっても同じだからね」

「よ～し。それじゃ、いっくよ～」

やや大きめの瓶《びん》、完成したパナシーアボトルを抱《かか》えたカロルが黒く淀《よど》んだ土の前に立つ。そうして、瓶の中身の液体を地面にまき始めた。やや青みを帯びた清浄《せいじょう》な薬。それが地面に触《ふ》れたとたん、かすかな光を放ち、同時に土の黒ずみが消えていく。周囲の人々から「おお」という歓声《かんせい》があがる。その声を嬉《うれ》しそうに聞きながら、カロルが「えいえい」とばかりにさらに土の浄化《じょうか》を進めていく。

やがて、作業は終わった。完全に土が正常な色を取り戻したというわけではなかったが、あの見るからに禍々《まがまが》しい汚《よご》れは消え失《う》せている。

無言でその様子を見ていたリタがちらりとハルルの巨木《きょぼく》を見上げた。その背後で、長老が手を組み、祈《いの》りをささげていた。

「結界よ、ハルルの樹よ、どうか蘇《よみがえ》ってくだされ……」

その言葉がきっかけになったというわけでもなかったのだろう。しかし、たったいままで、月に照らされ、どこかくすんだ茶色をしていたハルルの樹の幹が自ら輝《かがや》きを放ちはじめた。いや、それだけではない。人々のはるか頭上。しおれ、白く粉《こ》を吹《ふ》いていた緑の葉も徐々《じょじょ》に生気を取り戻しはじめる。幹と同じように、透明感《とうめいかん》のある鮮《あざ》やかな光を放ちはじめる。見守っていたエステルの顔が思わずほころんだ。

「樹が――」

ユーリもふっと口元に笑みを浮かべる。「やった」と喜びの声をあげたのはカロル。

だが――その瞬間《しゅんかん》であった。

「え……？」

つぶやきは誰のものだったのか。不意に樹を包みこんでいた輝きが弱くなる。のみならず、一度は息を吹き返したように見えた葉と幹も再びしぼんだ。みるみるうちに、その姿から生きている気配が消えていく。

「ど、どうしてっ……」

カロルがあわてて足元の地面を見た。

「薬の量が足りなかったの？　でも、土はちゃんと……」

「カ、カロル殿《どの》。パナシーアボトルをもっと――」

長老が呼びかけるが、カロルはぶんぶんと首を振《ふ》った。

「無理だよっ。もう全部使ったし」

「そ、そんなっ」

「また一からやり直しなのか！」

「くそっ。今度は俺がエッグベアを……」

「で、でも、どれくらいあれば足りるっていうのよ？」

「とにかく量が足りないんだ。もっとたくさんあれば。けど……」

周囲の人々からも口々に落胆《らくたん》の声があがる。しかし、そこへ、

「違うっ！」

衆を圧する鋭《するど》い叫《さけ》びであった。発したのは一人の少女。魔導士の恰好《かっこう》をした――。

両の拳《こぶし》が握《にぎ》りしめられている。きつく握った拳はぶるぶると震《ふる》えている。

しんと辺りが静まりかえった。そうして、少女リタが今度は一歩前に出て、かすれたような声でつぶやいた。

「手遅《ておく》れ、だった……」

「て、手遅れって――どういうことだよっ、リタ！」

カロルが怒鳴《どな》り、リタが首を振った。

「そのままの意味よ。パナシーアボトルで毒は消せた。でも、もうこの樹と樹に融合《ゆうごう》した結界《シルト》魔導器《ブラスティア》に再生の力が残ってない。……見立てが甘かった。ここまで樹が衰弱《すいじゃく》してたなんて……」

「ど、どうすればいいの？」

「どうにもできないわよ」

「そんな！」

「うっさい！　これだけの樹にもう一度、力を注ぎこむ方法なんてあるわけないでしょうが！」

抗議《こうぎ》の声をあげたカロルに対し、それ以上の勢いで噛《か》みついてから、リタはその場を歩き出した。カロルの横を通りすぎ、ハルルの樹の巨大《きょだい》な幹に近づくと、その表面に手をあてる。

再び少女の手が強く握りしめられた。

「……ごめん。守ってあげられなかった……ごめん……」

樹に向かって、誰にも聞こえないほどの小さな声で少女がささやく。

重苦しい沈黙《ちんもく》だけがあった。

リタはハルルの樹に触れたまま首を垂れ、カロルも凍《こお》りついたように動けない。長老を始め、街の人間たちも皆《みな》うつむいている。

だが、そんな中で一人だけ動いた者がいた。

「そんな……そんなのって……」

「エステル？」

呼びとめようとしたユーリの手を振り切って、エステルが樹に近づいていく。リタの横に立つ。

「ちょっと、あんた――」

リタが首を上げ、エステルに声をかけようとした。しかし、その前でエステルは目を閉じ、胸の前で両手を組んだ。

「え？」

驚《おどろ》きでリタが目を見開いた。それも無理はない。不意に風がわき起こった。さらに目の前のエステルが光に包まれる。足元に生まれたのは複雑な模様が描《えが》かれた魔法陣《まほうじん》。

リタの目がさらに大きくなった。

「治癒《ちゆ》術っ!? いや、これって――」

風が強風になる。応じるようにして、エステルを包みこむ光も強くなる。思わずリタも手で風を避《さ》け、そして、ユーリが声を張り上げた。

「エステル！」

その声を背中に浴びながら、エステルはやはり瞳《ひとみ》を閉《と》ざしたまま、小さくつぶやいた。

「お願い……咲《さ》いて……」

瞬間《しゅんかん》、風は烈風《れっぷう》と化し、光は最高潮に達した。

「わっ！」

「きゃあ！」

村人たちの叫び。同時に、エステルを中心に生まれた光が一気に集束していく。目の前にある巨大な樹。街を守りつづけてきた魔導器《ブラスティア》。注ぎこまれる光。そして――。

樹が蘇《よみがえ》った。

しおれていた葉が張りを取り戻《もど》す。くすんでいた幹が生き生きとした色を復元する。いや、再生はそれだけには止《とど》まらなかった。開いた葉。その隙間《すきま》に無数の蕾《つぼみ》が生まれる。蕾は瞬《また》く間にふくらんでいき、鮮《あざ》やかなピンクの花が開く。

すでに風は弱まっていた。しかし、その微風《びふう》にすら乗って宙を舞《ま》う、まるで降り注ぐ恵《めぐ》みの雨のような花びら。満開の花をつけたハルルの樹。優《やさ》しげな月の光の下で飛び交《か》う花びらは、やがて街全体に広がり、集落を鮮やかなピンク一色に染め上げていく。それをあぜんとして見守っている人々。

「す、すごい……」

カロルがその言葉を口にし、そこに他《ほか》の者たちの声が重なった。

「こんなことが……」

「いまのは治癒術なのか……」

「これは夢だろ……」

「ありえない。でも……」

驚きと感嘆《かんたん》の声の中、エステルがまぶたを開く。胸の前で組んでいた手を解く。

エステルの唇《くちびる》から一つ大きく息が漏《も》れた。と、そのとたんに少女の体がぐらりと傾《かたむ》いた。その場で尻《しり》もちをついてしまう。

他の者たちと同じように周囲の光景を呆然《ぼうぜん》と見ていたユーリが、それではっと我に返った。

「エステル！」

地面に手をついた少女の元にユーリが駆《か》け寄る。エステルはそんなユーリをぼんやりとした眼差《まなざ》しで見上げた。

「あ……ユーリ……あれ？　わたし、いま何を……」

目の焦点《しょうてん》が定まっていない。

「しゃべるな」

ユーリが膝《ひざ》をつき、手を貸そうとする。その様子をこちらもあぜんとした瞳で見ていたリタが、不意にびくりと全身を震《ふる》わせた。みるみるうちに顔色が変わる。そして、

「ちょっと、あんた！　いまの……」

しかし、食ってかかるような勢いでエステルに近づこうとしたリタをユーリが手をあげて制した。

「駄目《だめ》だ」

「え……駄目って。ま、まさか――」

ぎくりとして立ち止まったリタを振《ふ》り返ることをユーリはしなかった。ただ、普段《ふだん》通りの

淡々《たんたん》とした声でこう言った。

「もう寝《ね》ちまってる」

「ひょっとしてっ……って、はい？」

ほっとユーリの肩《かた》からも力が抜《ぬ》けた。

「寝てるんだよ、このお嬢様《じょうさま》。……ったく、褒《ほ》め言葉の一つくらい言う暇《ひま》をくれよな」

見ると、ぼやくユーリの腕《うで》の中で、エステルはくーくーと幸せそうな顔で寝息《ねいき》を立てているのであった。

＊

扉《とびら》の前に立ち、ユーリは閉ざされたそれを軽くノックした。

「お～い、エステル。準備できたか？」

「あ、はい。いま出ます」

あのハルルの樹が蘇った翌朝のことである。

扉の向こうでぱたぱたという音がして、それからユーリの目の前でドアが開いた。現れたのは、いつもと何も変わりなく、旅支度《じたく》を整えたエステルだった。

「お待たせしました。では、行きましょう」

「ああ」

一晩休んだことによって、エステルは全快した様子だった。ユーリなども体の調子について「大丈夫《だいじょうぶ》か？」とそれとなく探《さぐ》りを入れてみたのだが、「え？　何がです？」とこれまた拍子《ひょうし》ぬけのする答え。実際、足取りもしっかりしているし、本人の言う通りなんともないのだろう。

ただし、だ。

「結局、足止めという形にはなってしまいましたね」

宿屋の二階にある部屋から階段を伝って一階に下りながらエステルが言うと、ユーリも「そうだな」とうなずいた。

「フレンのやつはこの街にはいないようだし。オレのほうも引いたのはハズレのモルディオさんだったからな」

「すみません、ユーリ。わたしのせいで……」

「でもない。というか、逆に時間があったおかげで、結構いろいろ情報も集められただろ。さっきも言ったが、街の連中やあの偽《にせ》モルディオさんの話じゃ、どうやらオレたちの目的はどっちも西のカプワ・ノールって街に向かったっぽいな」

「あの……偽ではないのでは？　リタは本物のモルディオですよ」

「あ、そっか」

宿屋の主人に礼を述べて外に出ようとすると、いきなり呼び止められた。前渡《まえわた》ししていた宿代を返金すると言う。街の救世主から宿代なんざとれませんぜ、とのこと。

「お～役得。けど、エステルはともかく、オレは何もやってねえんだが」

「でも、ユーリはクオイの森でエッグベアを倒《たお》しましたよ」

「あれは、おこぼれを拾ったようなもんだよ」

返すというものを断る理由もないので、受け取った銀貨をポケットにしまいこんだ。

「それにしても……救世主、ですか。わたし、いったい何をやったのでしょう？」

「本当に覚えてないのか？　あのときのことはまったく？」

「はい。うっすらとした記憶《きおく》ならあるのですけど」

「う～ん。じゃ、その辺は道すがら、おいおい話すとして――」

口々に会話を交《か》わしながら、二人は正面玄関《げんかん》の扉を開けて宿の外に出た。

そこに意外な人間が待っていた。

「あ、遅《おそ》いよ～」

二人の顔を見るなり、そんなことを口にしたのは、やたらと大きな斧《おの》を担《かつ》いだ少年、カロル。

そして、その隣《となり》では一人の少女が腰《こし》をかがめて靴《くつ》ひもを結び直している。学術都市アスピオの魔導士リタ・モルディオ。こちらは二人の姿に気づいても、ちらと目線を走らせただけで何も言わない。

ユーリとエステルが互《たが》いの顔を見合わせた。そして、同時に、

「何やってんだ、お前ら。こんなとこで」

「見送りしてくれるんです？　うれしいです」

違《ちが》う違うと、エステルに応《こた》える形で首を振ったのはカロルだった。

「ボクたちは……」

「あたしは」

言いかけたカロルの言葉を横からリタがいきなり訂正《ていせい》してみせた。

「あんたたちと一緒《いっしょ》に行くわ。ちょっと調べたいことができたから」

靴ひもを結び終えて立ち上がると、リタはぱんぱんと自分の衣服をはたいた。

「もちろん、そっちのガキんちょとは無関係」

「ちょっ……リタ、それはないよ」

「ある。大体、なんであんたがここにいるのよ？」

「だ、だって、このあとみんな、カプワ・ノールに行くんでしょ？　だったら、ボクも行き先は同じだし。道案内も兼《か》ねて……」

「あんたの場合、道中、一人で魔物《まもの》に出くわすのが怖《こわ》いだけでしょうが」

「ち、違うよ！　そんなことないよ！」

「その斧、本来の使用目的で使われたの見たことない。どうせ必要ないんだから、あそこの武器屋にでも売り払《はら》ってきなさいよ」

「やだよ！　これは大事なものなんだから」

「斧フェチだったか……末期かも」

「あのねえ！　リタこそ、その口の悪さを……」

「あー待て待て」

たまらずユーリが二人の間に割って入った。

「斧フェチでも性悪でもなんでもいいが——」

「ボクは斧フェチじゃないったら！」

「誰《だれ》が性悪よ！　ていうか、なんであたしだけランクアップさせてんのよ！」

ユーリはうんざりと頭を抱《かか》えた。

「とにかく、だ。勝手に話を進めんな。お前らとオレたちがなんだって？」

「だから——」

と、カロルはそこでなぜか少しうつむいて言い淀《よど》んだ。

「その……ボクは行き先が同じだから。道も詳《くわ》しいよ？　一緒に行ったら得だと思うけど？」

いくらか妙《みょう》な態度ではあったが、どちらにしてもまったく理由になっていない。

ユーリが一つため息をついて、リタに目線を移した。

「言ってるでしょ？　調べたいことができたって」

こちらはあいかわらず平然と、リタがよっこらせとばかりに足元に置いてあった背負い袋《ぶくろ》を担いだ。

「それと、あたしへの疑いはもう晴れたと思ってたけど？」

ユーリは肩《かた》をすくめた。

「そういや、その件についてはまだお前にちゃんと謝ってなかったか。悪かったな、疑っちまって」

「別にいいわよ、いまさら。あたしもあんたたちには助けてもらったし」

「なら、これで貸し借り終了《しゅうりょう》と。それで、だな」

不意にユーリはわずかに目を細くした。

「目的は……なんだ？」

さあ、とリタはしらばっくれた。

「ただ、このままアスピオに戻《もど》るより、大事なことができたってだけ。ま、一緒に旅をするのが嫌《いや》っていうなら、それでもいいわ。そんときは、あたしがあんたたちを尾行《びこう》するだけのことだから」

これはこれでまるで理由になっていない上に、しかも不穏《ふおん》なことを口にする。

ユーリはもう一度ため息を漏《も》らした。

「あのな、そんな無茶苦茶《むちゃくちゃ》な言い分でこっちが納得《なっとく》するわけねえだろ。なあ、エステ――」

しかし、振《ふ》り向いたその先にすでにエステルの姿はなかった。

「え……なに?」

いつの間にかリタの前にエステルが立っていた。付け加えると、満面の笑みを浮かべている。

そして、エステルは心の底から嬉しそうにリタを見つめ、こう言った。

「わたし、同年代の友達、初めてなんです」

「と、友達って……あんた——」

ざっと身を引こうとするリタに向かい、エステルは右手を上げてみせた。

「手、出してください」

「は……え、こ、こう?」

半ば反射的な行為だったのだろう。リタがエステルの仕草につられるようにして同じ右手を上げる。そこへエステルがぴょんと跳んだ。

「はい!」

ぱんと打ち合わさる手と手。沈黙のあと、リタが自分の手を見て、エステルを見た。

「な、なによ、これ……」

「嬉しいときの合図、です」

「はあっ?」

「これからよろしくお願いしますね、リタ、カロル」

やはりエステルは笑顔のままでぺこりと頭を下げてみせる。

「なんか――エステルって変わってるね……」

カロルが、額に手をあて、がっくりと肩を落としているユーリを見上げてぽつりと言った。

「だろ？」

ユーリは三度目のため息をついた。

Tales of Vesperia

テイルズ オブ ヴェスペリア

I

三 剣武二人・前編

時折、彼をうらやましく思うこともある。

ユーリ・ローウェル。かつて、同じ騎士《きし》団で轡《くつわ》を並べ、共に剣を振るった古い友人。

たとえ、表面上はどんな振る舞《ま》いをしていても、彼の心は彼が守りたいと思うものに対して真摯《しんし》だ。もちろん、自分とは生き方が違《ちが》う。考え方も違う。しかし、自由でありながらも己《おのれ》の信条だけは曲げない——その道がどれほどの困難に満ち満ちているか。自分も多少は知っている。

その生き方を選ぼうとする彼、選ばなかった自分。

自分に対する後悔《こうかい》などない。しかし、彼の生き方にもまた光彩《こうさい》がある。それだけは紛《まぎ》れもない真実。

そう思う。

＊

「ふむ……」

手にした一枚の紙片を瞳《ひとみ》に映して、ユーリは面白《おもしろ》くなさそうにつぶやいた。

真っ直《す》ぐ西へ伸《の》びる道に人の姿はほとんどなかった。頭の上はどんよりと曇《くも》った空。風に潮の香《かお》りが含《ふく》まれている。海が近い。ムルロキア半島北、港街カプワ・ノールへ続く街道《かいどう》でのことである。

「賞金５０００ガルド……安いな。というか、ケチくさい。あいつら、金ないのか」

紙面に視線を落としたままユーリがやはりつまらなさそうに言うと、横を歩いていたギルドの少年、カロルが額に一筋の汗《あせ》を流し、持っていた大斧《おおおの》を抱《かか》え直した。

「安いって……それ、そこらの犯罪者に懸《か》けられる金額じゃないよ」

「そうかあ？」

二人が話題にしているのは、ユーリが持っている手配書のことだった。帝国《ていこく》の騎士団によって各地に配られている手配書。中央に他《ほか》でもないユーリの下手《へた》くそな似顔絵がでかでかと描《か》かれていて、その下にはこんな文章が並んでいる。

『お尋《たず》ね者！　凶悪脱獄犯《きょうあくだつごく》！　黒い服の胸元《むなもと》をいつも開けている黒髪長髪《くろかみちょうはつ》の男なのである～る！この輩《やから》を見つけた者は、騎士団に報告するのである～る！』

ユーリがまた冷静に論評した。

「微妙《びみょう》に報告したくなくなる文だな。こりゃ書いたのはアデコールのやつか。大体、服だの髪だの、いくらでも変えられる特徴《とくちょう》を手配書に書いて、どーすんだ？　あいつら」

「もう……普通《ふつう》、脱獄くらいでこんな大金が懸けられることなんてないよ。ユーリって、いったい何をやったの？」

このカロルの問いかけはユーリにというより、その向こうを歩く品の良い少女、エステルに向けられたものであった。が、答えたのはそのエステルではなく、前を行くもう一人の少女だった。

「火つけ、強盗《ごうとう》、墓荒《あ》らし、拾い食い……そして」

勝手に罪状を並べ立てたあげく、その少女、学術都市アスピオの魔導士リタ・モルディオは振《ふ》り返り、ユーリの隣《となり》にいるエステルをびしっと正面から指さした。

「貴族の誘拐《ゆうかい》、暗殺」

「いきなりエステルを殺すなこら。てか、拾い食いってなんだ、拾い食いって」

「だって、やりそうでしょ？　あんた」

「まあ、やったことがないとは言わんが……」

「げ。ほんとにあんの？」

「ガキのころの話だぞ。大体、拾い食いって罪になるのか？」

「人道上の罪ってやつね」

「ねーよ。……だよな？　カロル先生」

「さ、さあ？　ボクはそっち方面はあんまり詳《くわ》しくないから——」

半ば冗談《じょうだん》まじりの会話を続ける三人と違って、一人エステルだけが珍《めずら》しく難しい顔をして考えこんでいた。腰《こし》に提《さ》げたサーベルの柄《つか》にそっと手を置いて、つぶやくように言う。

「わたしのせい……でしょうか」

もちろん、この少女はユーリによって誘拐され、あの帝都《ていと》ザーフィアスから連れ出されたわけではない。彼女自身がユーリの古い友人、いま任務でザーフィアスを離《はな》れているフレンに会って話をしなければならないことがあると言って、ここまで付いてきたのである。とはいえ、手配書の金額がカロルの言うように脱獄犯の範疇《はんちゅう》を超《こ》えているのは、おそらく彼女の存在に関係があるのだろう。

ただ、これを聞くと、ユーリは表情をあらためた。にこりと笑って、隣にあるエステルの頭を軽く一度、ぽんと叩《たた》く。

「ユーリ――」

「起こったことをくよくよしても仕方がない。だろ？」

「でも……」

「ま、フレンに会ったら、誘拐のほうの弁明はよろしく。脱獄のほうはお前がいようがいまいが、どっちにしてもやるつもりだったから、こっちはどうしようもないな」

「どうするんです？」

「とりあえず逃《に》げる……と言いたいが、あいつ、こういうことではしつこいからなー。魔核《コア》泥《どろ》棒《ぼう》の件もあるし、説明だけはして、あとは成り行き任せってとこか」

平然と語ってから、ユーリは「それはそうと」と頭上の空を見上げた。

「急に雲行きが怪《あや》しくなってきたな……」

一面に広がっていた雲が黒さを増している。

先頭を行く大きな犬、ユーリの相棒ラピードの向こう。日の光がさえぎられた道の先に、荒々《あらあら》しく白波を立てる広大な海と、結界魔導器《シルトブラスティア》の光輪によって守られた港街、カプワ・ノールの姿が見えていた。


叩きつけるような雨が降ってきたのは、一行がカプワ・ノールに到着《とうちゃく》してすぐのことだった。

「うひゃー……びしょびしょになる前に早く宿を探そうよ」

「だな」

カロルの言葉にうなずき、ユーリも足早に街の東側にある繁華街《はんかがい》に向かおうとした。だが、ふとそれに気付いた。

「エステル。どうした？」

少女は雨に打たれるのにも構わず、街の入り口で足を止めてじっと眼《め》の前の光景を見ている。

ユーリに声をかけられると、「あ、その……」とようやく振り返った。

「港街というのは、もっと活気のある場所だと思っていました」

ユーリは同じ方向に目をやって、こちらも「確かに」と同意した。

ここカプワ・ノールは海峡《かいきょう》を挟《はさ》んでさらに西、トルビキア大陸東端《とうたん》にある同じ港街、カプワ・トリムと共に交通の要所となっている街である。二つの大陸にまたがって形成される一つの港街。当然のことながら、物品の流通は多く、人も多く集まる。漁業その他の産業も栄《さか》えていて、本来であれば街はもっと騒々《そうぞう》しく賑《にぎ》わしい。

しかし、いまユーリらの前にある街の様子は、そんな活況《かっきょう》が嘘《うそ》のように静まり返っていた。無論、天候のせいもあるのだろう。だが、それにしても通りを歩く人の姿は少なく、市場を賑わす露店《ろてん》もほとんど見当たらない。

「想像してたのと全然違うな……」

ユーリがつぶやくと、そこに後ろからリタが口を挟んできた。

「でも、あんたが捜してる魔核《コア》泥棒がいそうな感じよ」

いや、それは少し違《ちが》う。ユーリは訂正《ていせい》した。

「情報によると、そいつの最終目的地はカプワ・トリムのほうだぞ」

リタは肩《かた》をすくめてみせた。

「どっちでも似たようなもんでしょ」

「そんなことないよ。ノール港が厄介《やっかい》なだけだよ」

そう言ったのはカロルだった。エステルが怪訝《けげん》そうにたずねる。

「どういうことです？」

「ノール港はさあ、帝国《ていこく》の圧力が……」

だが、カロルが言いかけたときだった。

「――金の用意ができないときはお前らのガキがどうなるか、よく分かってるよなあ？」

不意にガラの悪い大声が辺りに響《ひび》いた。道の先、幕が被《かぶ》せられ、閉鎖《へいさ》した露店の前でのことだ。ユーリらが声のした方向に目を向けると、そこには数人の人影《ひとかげ》があった。腰《こし》に剣《けん》を差した、いかにもゴロツキ風の男が二人と、そして、その男たちの前にいる男女。男女のほうは街に住む夫婦《ふうふ》なのだろうか。この雨の中、どちらも泥水《どろみず》が浮《う》いた地面に膝《ひざ》をついている。

「お役人様！　どうか、それだけは！　息子《むすこ》だけは……返してください」

夫らしき男が懇願《こんがん》すると、その横で妻らしき女も地面に額をこすりつけた。

「この数ヶ月もの間、天候が悪くて船も出せません……」

「税を払《はら》える状況《じょうきょう》でないことは、お役人様もご存じでしょう！」

「はっ、知らんなあ」

ゴロツキ風の男の一人が、夫の頭を足で踏《ふ》みつけた。

「うっ……」

「金がねえやつは、生きてる価値もねえんだよ」

「市民の『ギム』ってやつだ、ギム。分かるか？　あ～ん？」

もう一人の男がさらに横から夫の腹を蹴《け》り上げた。

「ぐあ！」

「ティグル！」

「とにかく、早く金を用意するこったな。ぐずぐずしてると、ガキは二度と戻《もど》ってこなくなるぞ」

「ラゴウ様のおもちゃは、食欲旺盛《おうせい》だからなあ、ひゃははは」

腹を押さえてうずくまる夫とそれに悲鳴を上げてすり寄る妻を残して、二人の男たちは嘲《ちょう》笑《しょう》と共にその場を歩き去っていった。

「なに、あの野蛮《やばん》人……役人？　どこが？」

一連の出来事を見ていたリタが不機嫌《ふきげん》そうに眉《まゆ》をひそめた。ユーリは意外にも冷静に、横にいたカロルへ視線を向けると、

「いまのがノール港の厄介の種か？」

「う、うん」

カロルはうなずいた。

「このカプワ・ノールは帝国の威光《いこう》がものすごく強いんだ。特に最近来た執政《しっせい》官は帝国でも結構な地位らしくて、やりたい放題だって聞いたよ」

つまり、その部下たちが横暴な真似《まね》をしても誰《だれ》も文句が言えない、止めることもできない。そういうことだ。

「そんな……」

一人、エステルだけがなぜかショックを受けたように呆然《ぼうぜん》と目の前の光景を凝視《ぎょうし》している。

「もうやめてっ、ティグル！」

唐突《とうとつ》な声にユーリが再び道の先へ目を向けると、腹を蹴られた男がよろよろと立ち上がり、そこに妻らしき女がすがりついているところだった。

「こんな天気で海に出たら、今度こそ本当に帰ってこられなくなるわ！　それに、この間の怪《け》我《が》だってまだ……」

「だからって、俺が行かないと、ポリーはどうなるんだっ、ケラス！」

ティグルと呼ばれた男が妻の手を振《ふ》り払って、船着き場のある方角へ歩きだす。

ユーリは一度、小さく息をついた。そうして、足早に男に近づくと、すれ違《ちが》いざま、ひょいとその足を引っかけた。元々、おぼつかない足取りだった男にしてみればたまったものではない。その場でものの見事に転んでしまう。

「いたっ……あんた、なにすんだ!?」

「あ、悪い。引っかかっちまった」

抗議《こうぎ》する男に対して、ユーリは飄々《ひょうひょう》と答える。そこへ、背後からエステルがすっ飛んできた。

「ユーリ！……もう」

ただ、彼女もユーリの思惑《おもわく》が分からないというわけではなかったようだ。それ以上、ユーリを非難することをエステルはせずに、転んだ男の前で腰をかがめた。

「ごめんなさい。いま治しますから」

男に向かってエステルが口にした瞬間《しゅんかん》、足元に魔法陣《まほうじん》が生まれた。青く清浄《せいじょう》な光。そのまま男を包みこむ。

「治癒術《ちゆ》……」

驚《おどろ》いたようにつぶやいたのは男で、三人のそばに駆《か》け寄ってきたリタ、カロル、そして、男の妻のうち、リタだけが興味深そうな眼差《まなざ》しでエステルの術の発現を見ている。

「あ、あの……」

おそるおそる口を開いたのは、ケラスと呼ばれた妻の女だった。術に集中するため目を閉じているエステルと、その横に立つユーリを交互《こうご》に見比べて、

「私たち、お支払《しはら》いする治療費《ちりょう》が……」

ユーリは素《そ》っ気なく応じた。

「その前に言うことがあんだろ」

「え……」

女が目をしばたたかせる。ユーリはやれやれともう一度、息をついた。

「まったく、金と一緒《いっしょ》に常識まで搾《しぼ》りとられてんのか？」

それで女も気づいたようだった。術を使っているエステルに正面から向き直ると、

「ご、ごめんなさい。ありがとうございます」

エステルは答えない。治しているのは、さっき役人たちに蹴《け》られた男の腹だけではない。元々、男が負っていた怪我のほうにも術の効果範囲《はんい》を広げているのである。少し時間がかかるだろう。

その様子をユーリは微笑《びしょう》と共に見やってから、それから不意に目線を鋭《するど》くして背後をちらりと振り返った。

＊

そこは薄暗《うすぐら》い路地だった。

男の治療を続けるエステルや、カロル、リタといった旅の同行者たちには気づかれないよう、ユーリはそっと彼らの傍《そば》を離《はな》れると、この路地に足を踏《ふ》み入れた。しとしとと降り続ける雨。周囲に人の姿はない。

——さてと。

腰紐《こしひも》に結びつけた剣《けん》の柄《つか》に手をかけ、ユーリは声には出さず、胸のうちだけでつぶやいた。

──ここらでいいか？

もちろん、その問いかけが聞こえたというわけではなかったのだろう。だが、ユーリのつぶやきが終わるのとほぼ同時に、背後から強烈《きょうれつ》な殺気が涌《わ》き起こった。雨粒《あまつぶ》のベールを貫《つらぬ》き、突《とっ》如《じょ》として姿を現したのは黒装束の影《かげ》。厚く顔を覆《おお》った覆面《ふくめん》の奥に見える目が血のように赤い。矢のように突《つ》き出された短刀の刃《やいば》を、こちらも振り向きざまに剣を抜《ぬ》き放ったユーリが軽々と弾《はじ》き、体を入れ替《か》える。

「っと──おいおい」

周囲を取り囲んだ複数の影を見まわして、今度はユーリが口を開いて言った。

「まだ間違《まちが》われてんのか、オレ」

そう。それは以前、帝都《ていと》ザーフィアスでユーリをフレンと誤解して襲《おそ》いかかってきた者たちと同じ恰好《かっこう》をしていた。ただし、あの頭のネジが取れかかったザギとかいう男だけはいない。

「だから、ボスに伝えとけって。仕事は正確に。それとも、秘密を知られたからには生かしておけないってか？」

返答は言葉ではなく斬撃《ざんげき》だった。刺客《しかく》たちが無言で一斉《いっせい》に地を蹴る。四方から迫《せま》る刃。ユーリは身を低くしてそれをかわし、背後に向けて水平蹴りを放った。

「！」

後ろから飛びかかってきた刺客の一人が足を払《はら》われ転倒《てんとう》する。その脇《わき》をユーリは側転しながらすり抜け、今度は路地の壁《かべ》を背にして刺客たちと向き合った。相手の数は六人。思わずユーリも内心で舌打ちをこらえる。少し舐《な》めすぎたか、と思う。そこらのチンピラ相手であれば、どうとでもなる数だが、こいつらはあのザギほどではないにせよ、訓練を受けた連中だ。一人一人の技量はユーリに及《およ》ばないが、連携《れんけい》を組まれるとかなり厄介《やっかい》になる。長引くと不利だろう。

──しょうがねえな。

結構疲《つか》れるから、あんまりやりたくはないんだが──。

刺客たちが再び輪を作り、じりっと包囲の輪を狭《せば》めてくる。それが間合いに入る寸前、ユーリは足元にあった水たまりの表面を蹴った。周囲に向かって飛び散る泥水。一瞬《いっしゅん》、刺客たちの殺気が乱れる。そこへ、ユーリは背後の壁を蹴って高く跳《は》ねると、自ら彼らのど真ん中に飛び降りた。大きく振《ふ》りかぶった剣。輝《かがや》いたのは腕《うで》にはめた武醒魔導器《ボーディブラスティア》。そして、

「爆砕陣《ばくさいじん》!」

ユーリが地面に向けて自らの剣を叩《たた》きつけたのと同時に、岩をも砕《くだ》く衝撃波《しょうげきは》が生まれた。円形に広がる波動はそのまま周囲の刺客たちをとらえ、まとめてなぎ払う。反対側の壁に全員を弾き飛ばす。声もなく、ほぼ同時に倒《たお》れていく刺客たち。ばったりと地面に伏《ふ》せたその体はもはやぴくりとも動かない。

地面に当てていた剣を持ち上げ、ユーリはふうと大きく息をついた。

が、そのときであった。

「っ⁉」

頭上で再び涌き起こる殺気。隣接《りんせつ》する民家の屋根から新たな二つの影が飛び降りてくる。

──二段構えかよ！

かろうじてユーリは一人の刀を弾いた。しかし、無理に身をひねったせいで体勢が崩《くず》れる。

そこへ横手から獲物《えもの》に襲い掛《か》かる蛇《へび》のように伸《の》びてくるもう一本の刀。

避《よ》けきれない──だが、ユーリが自分の腹を突く刃を脳裏《のうり》にイメージしたその瞬間《しゅんかん》、疾風《しっぷう》のごとく二人に割って入り、刀を受け止めたもう一本の剣と、輝く金の髪《かみ》の持ち主の姿がそこにあった。

あぜんとして見守るユーリの前で、騎士《きし》団特有の鎧《よろい》が雨に濡《ぬ》れて光っていた。懸命《けんめい》に押しこんでくる刺客の刃などものともしない。軽々と片手でさばき、逆に押し返している。斜《なな》め後ろからでもわずかに見える端整《たんせい》な、そして、ユーリにとっては見間違《みまちが》えようのない顔。

どこの英雄譚《えいゆうたん》の主人公だと言いたくなるようなタイミングで現れたその青年は、さらに平然とこんなことを口にした。

「大丈夫《だいじょうぶ》か、ユーリ」

それでユーリも我に返った。

「フレン！　おまっ……それはオレのセリフだろ！」

「まったく、捜したぞ」

「それもオレのセリフだ！」

力比べでは到底《とうてい》かなわないと踏《ふ》んだのか、刺客がいったん刀を引き、距離《きょり》を取る。もう一人の仲間と共に、あらためて刀を構え、こちらへ突進《とっしん》してくる。

ユーリはちらりと隣《となり》の青年を見た。青年もユーリに目を走らせた。

ユーリがにやりと笑い、青年――フレン・シーフォもわずかに顔をほころばせる。そして、まるで鏡合わせになったように二人はまったく同じ構えをとり、

「はっ！」

芸術的なまでの剣舞《けんぶ》のユニゾン。二人の剣から放たれた衝撃波が刺客を完璧《かんぺき》にとらえ、そのまま奥にあったゴミ置き場まで吹《ふ》き飛ばした。


「ふー……」

ユーリが今度こそ安堵《あんど》の吐息《といき》を洩《も》らしたのは、辺りから完全に殺気が消えうせたのを確認したあとだった。

「マジで焦《あせ》った」

助かったぜ、フレン——そんな言葉と共にユーリはようやく再会を果たした友人に向き直ろうとした。

だが、そこに、

「なっ!」

いきなり目の前に振り下ろされたのはフレンの剣。とっさにユーリは鞘《さや》にしまっていた自分の剣を抜《ぬ》き、相手の剣を受け流す。

「ちょ、おまえ、なにしやがる!」

だが、抗議《こうぎ》の声を聞いてもフレンは剣を構えたまま、硬い顔つきで、

「ユーリがザーフィアスから外の世界へ旅立ってくれたことは嬉《うれ》しく思っている」

「はあ?」

と、ユーリは首をかしげた。

「なら、もっと喜べよ。剣なんか振り回さないで」

「だが、これを見て、素直《すなお》に喜ぶ気が失《う》せた!」

鋭《するど》く言って、フレンは剣の先をいきなり近くにあった路地の壁に向けた。ユーリもその先を見る。そこには一枚の紙が貼《は》られていた。下手《へた》くそな似顔絵が描《か》かれた見覚えのある手配書。

ただし、

「あ、賞金10000ガルドに上がってる。やりぃ」

倍増倍増と緊張感《きんちょうかん》のかけらもないつぶやきを洩らすユーリの前で、フレンが初めて表情をはっきりと変え、深々とため息をついた。

「騎士団を辞《や》めたのは、犯罪者になるためではないだろう？」

ユーリは首をすくめてみせた。

「いろいろ事情があったんだよ」

「事情があったとしても罪は罪だ」

「ったく、あいかわらず頭の固いやつ……って、あ」

と、そこへ別の人間の声が響《ひび》いた。

「ユーリ？　さっきそこでなにか事件があったようですけど……」

路地の入り口からひょこりと顔をのぞかせたのは、あの男の治療《ちりょう》が終わって、姿を消したユーリを捜しにきたのか、エステルだった。

「いったい、何をやって……」

しかし、言いながら路地に入ってきたエステルは、不意に足を止めた。大きく見開かれた瞳《ひとみ》。

「ちょうどいいとこに」

ユーリが笑って言うと、フレンはいぶかしげに振《ふ》り返り、そして、こちらもぽかんとしたようにその場で立ち尽《つ》くした。

「フレン……？」

「エステリーゼ……様？」

瞬間《しゅんかん》、歓喜《かんき》の表情を浮《う》かべ、駆《か》け出したのはエステルだった。

「フレン！」

もう一度、その名を呼び、まだ動けないままでいた青年騎士《きし》に両手を広げて飛びつく。

「よかった、フレン！　無事だったんですね？」

「え……あ、あの」

「ケガとかしてないです？　わたし、あなたにお話ししなければならないことが——」

「し、してませんから。その、エステリーゼ様……」

「あ、ごめんなさい。わたし、嬉しくてつい……」

語り合っている二人の横で、ユーリは笑《え》みを苦笑《くしょう》に変え、軽く頭をかいた。

＊

「用事は済んだのか？」

そう言って、ユーリが同行のリタ、カロルと共に街外れにある宿屋の一室に足を踏み入れたのは、一通り街の様子を見て回ったあとのことだった。小奇麗《こぎれい》な部屋の中には一組のソファが置かれてあって、そこでエステルとフレンの二人が向かいあうようにして座っている。この二人には双方《そうほう》に何やら内密の話があるとかで、ユーリたちも気を利《き》かして席を外していたのである。

ユーリの問いかけにエステルがこくりとうなずいた。

「そっちのヒミツのお話も？」

ユーリがフレンにもたずねると、こちらも同じように首を上下させた。

「ここまでの事情は聞いた。ユーリが賞金首になった理由もね」

手にしていた手配書をテーブルの上に置いて、フレンはソファから立ち上がった。

「まずは礼を言っておく。彼女を守ってくれてありがとう」

それを聞くと、エステルもユーリの前に歩み寄って、ぺこりと頭をさげた。

「わたしからも。ありがとうございました」

ユーリは笑ってかぶりを振った。

「なに、魔核《コア》泥棒《どろぼう》を捜すついでだよ」

「問題は……そっちのほうだな」

エステルが何かを言う前に、フレンがやや声を低めてつぶやいた。ユーリが「ん？」と首をひねる。フレンはやはり硬い表情で、

「どんな事情があったにせよ、公務の妨害《ぼうがい》、脱獄《だつごく》、不法侵入《しんにゅう》を帝国《ていこく》の法は認めていない」

とたんにエステルがばつの悪そうな顔になった。

「ご、ごめんなさい。全部話してしまいました……」

ユーリは表情を変えず、ぽりぽりと額の横をかいた。

「しかたねえなあ。やったことは本当だし」

「では――」

と、フレンはユーリに曇《くも》りのない真っ直《す》ぐな眼差《まなざ》しを向けて、

「それ相応の処罰《しょばつ》を受けてもらうが、いいね？」

「フレン⁉」

「別に構わねえけど」

抗議《こうぎ》しかけたエステルを押しとどめて、ユーリはあくまでもほがらかにフレンの言葉に答えた。

「ちょっと待ってくんない？」

フレンが小さく吐息《といき》を洩《も》らした。

「下町の魔核《コア》を取り戻《もど》すのが先決と言いたいのだろう？」

やはり、この友人はよく分かっている。ユーリはにっと笑ってみせた。と、そのときだった。

「フレン様。情報が入りました。やはり執政官《しっせい》は――」

そんな声と共に部屋の扉《とびら》が開き、二人の人物が室内に入ってきた。

一人は小柄《こがら》な少年魔導士だ。厚く着込んだ導服に、大きめのメガネ。まん丸の頭のてっぺん

にはぴょんと数本の髪《かみ》が立っていて、まるでよく熟《う》れたリンゴのよう。

そして、もう一人はいかにも俊敏《しゅんびん》そうな女性騎士だった。鷹《たか》のように細く鋭《するど》い眼光。身につけた鎧《よろい》は防御《ぼうぎょ》よりも動きやすさを重視しているらしく、全身を覆《おお》うタイプではない。腰《こし》に提《さ》げた剣《けん》が板についている。

部屋に入るなりフレンに声をかけた少年魔導士は、さらに言葉を続けようとした。だが、そこでふとメガネの奥の瞳《ひとみ》が室内にいたユーリらに向けられた。いや、正確にはユーリの後ろで退屈《たいくつ》そうに壁《かべ》にかかった絵を見ていた同じ魔導士の少女に、だ。みるみるうちにその顔色が変わる。

「なぜ、リタがここにいるのですかっ⁉」

「あん？」

名前を呼ばれて、リタが初めて少年を振《ふ》り返った。一歩前に出て、自分より背の低い少年をまじまじと見る。

ユーリがたずねた。

「誰《だれ》？」

リタは心底不思議そうに首をかしげた。

「……誰だっけ？」

少年のこめかみがぴくりと脈打った。だが、それでも少年は努めて平静さを装うように咳払《せきばら》

いしてみせると、

「ふ……ふん。いいですけどね。僕もあなたになんて全然まったく興味ありませんし」

フレンが彼らの間に立ち、ユーリに向き直った。

「紹介《しようかい》しよう。彼はアスピオの魔導士ウィチルだ。このところ、騎士《きし》団も魔導器《ブラステイア》がらみの事件に関《かか》わることが多くてね。同行を頼《たの》んだ協力者だ」

「魔導器《ブラステイア》がらみ……」

ユーリがやや思案深げにその言葉を繰《く》り返した。考えてみれば、フレンは騎士団の一員。ユーリのように自由に旅をする立場にはなく、ここカプワ・ノールにいたのも何らかの任務によるもののはずだ。ユーリやエステルと再会したのも、あくまでもこちらがフレンの足取りを追いかけていたせい。つまり、いまこの街では騎士団が出てこなければならない事情があるということ——。

ただ、フレンはそれ以上は詳《くわ》しく述べず、もう一人の女性騎士を右手で指し示した。

「そして、こちらは僕……いや、私の部下のソディアだ」

「はじめま——」

フレンに促《うなが》されて、ソディアと呼ばれた女性騎士がユーリに会釈《えしやく》しようとした。だが、そのとたん、彼女の眼《め》が愕然《がくぜん》としたように見開いた。

「こいつ……！　賞金首のっ！」

瞬時《しゅんじ》に静かだった女性の気配が騎士のそれに変わった。ふくれあがる殺気。ユーリも即座《そくざ》に反応し、間合いを取る。そこに抜《ぬ》き放たれ、突《つ》きつけられるソディアの剣。

「待てっ、ソディア！　彼は私の友人だ」

「なっ」

横合いからフレンが鋭く制し、それをさらに驚《おどろ》いたようにソディアが振り返った。

「何をおっしゃるのですっ、フレン様！　賞金首ですよ！」

「事情はいま、確認した。確かに罪は犯《おか》したが、手配書を出されたのは濡《ぬ》れ衣《ぎぬ》だ」

フレンの声は部下の殺気を抑《おさ》えるためか、ごく淡々《たんたん》としていた。

「後日、帝都《ていと》に連れ帰り、私が申し開きをする。その上で受けるべき罰《ばつ》は受けてもらう」

最後の言葉はどちらかというとソディアに対してではなく、ユーリに向けられたものだった。すいとフレンの青い目が剣の柄《つか》に手をかけたユーリを見る。言葉にされずとも友人の言いたいことはユーリにも分かった。後日——つまり魔核《コア》泥棒《どろぼう》の件についてある程度の区切りがつくまで、ユーリの行動の自由を認めてくれるつもりらしい。それでいいな、と。

ユーリは苦笑《くしょう》してうなずき、柄から手を放した。

「し、しかし、フレン様……」

ソディアはまだ剣を抜いたままだった。フレンは軽くかぶりを振って、

「優先すべき事柄《ことがら》を間違《まちが》えてはならない、ソディア」

「…………」

「いま我々がやらなければならないことは他《ほか》にある。そのためにウィチルにも協力を頼んでいるのだから」

ソディアがフレンの向こうにいるユーリを刺《さ》すような目で見た。だが、それだけだった。どうやらフレンの言葉は彼女にとって相当重みのあるものらしい。そのフレンに諭《さと》され、不承不承ソディアも剣を収める。

「それ、あたしも気になったんだけど」

不意に場の空気をまったく無視して口を挟《はさ》んだのはリタだった。

「何よ、魔導器《ブラスティア》がらみって。わざわざアスピオの人間を外に連れ出すなんて、なんかあったわけ？」

カロルが「出た、魔導器《ブラスティア》マニア」とつぶやき、その頭をリタが思いっきりはたく。

「ふぎゃっ」

「あなたに関係は――」

言いかけたウィチルをまたもフレンが手を上げて制した。考えこむように首をひねり、それからフレンは質問してきたリタではなく、ユーリに向き直った。

「街の様子、見たか？」

問われてユーリは人差し指の先で軽く顎《あご》を触《さわ》った。

「胸糞《むなくそ》の悪い連中がうろついてるな。いいのかよ？　ほっといて」

「いいはずがない。だが……」

フレンがやや苦しげに顔をしかめる。

ユーリはすいと眼差《まなざ》しを細くした。

「──天候を操《あやつ》る魔導器《ブラスティア》？」

ユーリがたずねると、部屋の窓際《まどぎわ》に立ったフレンは「ああ」とうなずいた。その瞳《ひとみ》は窓の外に向けられている。どんよりと曇《くも》った空。がたがたと窓枠《まどわく》を鳴らす強い風。ガラスの上を走る雨粒《あまつぶ》は途切《とぎ》れることがない。

「街の執政《しっせい》官の名はラゴウという。評議会の人間だ」

「つまり、貴族ってことだな」

帝国《ていこく》の両輪を担《にな》う組織、騎士《きし》団と評議会。いや、こう言い換《か》えてもいいだろう。武の騎士団、政の評議会。大体において、この両者の関係はあまり良好とは言えない。建前としては、帝国の臣民資格を持ち、入団試験さえクリアすれば、誰《だれ》でもその一員になれる騎士団に対して、評議会は完全に特権階級である貴族によって独占《どくせん》されている。身分的な差異もさることながら、この両者のどちらが帝国の主導権を握《にぎ》るか。それによって帝国の在り様も大きく変化する。それだけに多くの利権もからみ、何かと対立は絶えない。

「元々、ラゴウはここカプワ・ノールの執政官職に就《つ》く以前から、黒い噂《うわさ》も多かった人物だ」

フレンが窓の外を見たまま、話を続けた。

「魔導器《ブラスティア》のこともそうだが、とにかく特権意識の強い人間らしくてね。しかも、性質は残忍《ざんにん》。民間人への迫害《はくがい》や虐待行為《ぎゃくたいこうい》等で嫌疑《けんぎ》をかけられたことも一度や二度ですまない」

ユーリはうんざりしたように鼻を鳴らした。

「なんで、そんないわくつきのやつが執政官なんかになれるんだよ。あいかわらず腐《くさ》ってるな、上の連中は」

ユーリの言葉にフレンは応《こた》えず、そして、部屋のソファに座っているエステルは普段《ふだん》と違《ちが》って暗い顔でうつむいていた。

「……ともかく」

しばしの沈黙《ちんもく》を挟んで、フレンは気を取り直したようにまた言った。

「この天候はおそらく執政官がやっていることだ。魔導器《ブラスティア》を使って。おかげで街の人間は船を出すこともできず、生活の糧《かて》をかせぐ術がない」

「捜査《そうさ》は？　魔導器《ブラスティア》は帝国が管理するもんだが、こんな使い方は法でも許されてないだろ？」

「もちろん、執政官の館《やかた》には行ったよ。魔導器《ブラスティア》研究所から調査執行書《しっこうしょ》も取り寄せてね」

「で、中に入って調べたんだな？」

　ユーリが重ねて問いかけると、フレンは「いや」と首を振《ふ》った。

「執政官にはあっさり拒否《きょひ》された」

「魔導器《ブラスティア》が本当にあると思うなら、正面から乗りこんでみたまえ、と安い挑発《ちょうはつ》までしてくれましたよ」

　フレンの横からあのウィチルが付け加えた。

「私たちにその権限がないから、馬鹿《ばか》にしているんだ」

　悔《くや》しげに唇《くちびる》を噛《か》んだのはソディア。

　ユーリは「ふむ」と首をひねってから、そして、ごく平然とこう言った。

「でも、そりゃそいつの言う通りじゃねえの？」

「何だとっ⁉」

　血相をかえてユーリに詰《つ》め寄ろうとしたソディアをウィチルが必死で止める。あきれたように口を挟んだのは、ここまで黙《だま》って話を聞いていたカロルだった。

「ユーリ、どっちの味方なのさ？」

「敵味方の問題じゃねえ。自信があんなら乗りこめよって話だ」

　だろ、とユーリがフレンに目くばせする。しかし、フレンは難しい表情になって首を左右に振った。

「いや……これはおそらく罠《わな》だ」

ユーリの目も光った。フレンは続けた。

「ラゴウは極度の騎士団排斥《はいせき》派でもあるんだ。大体、執政官の立場で言えば、税の取り立てすら困難になるこんな真似《まね》をしても、本当は意味がない。わざわざ街の人間を痛めつけるような真似をしているのは、単に性癖《せいへき》や人格だけの問題じゃなく、こちらを誘《さそ》ってもいるんだよ」

つまり——とユーリは声を低めた。

「騎士団の小隊長でもあるお前が失態を犯《おか》せば、騎士団に難癖《なんくせ》をつける材料が手に入る……そういう筋書きか」

ああ、とフレンはうなずいた。

「いま下手《へた》に踏《ふ》みこんでも、証拠《しょうこ》は隠《いん》ぺいされ、しらを切られるだけだろう。騎士団も評議会も帝国を支える重要な組織だというのに……ラゴウはそのことを忘れている」

「……なるほどな」

ユーリはやれやれと首筋を撫《な》でた。

「とにかく、ただの執政官じゃないってわけだ。——で？　次の手は考えてあんのか？」

ユーリがたずねると、フレンは押し黙った。いや、フレンだけではない。ソディアもウィチルもうなだれてしまう。

「なんだよ。打つ手なしか？」

ユーリが重ねて言うと、ようやくウィチルが口を開いた。

「……館の中で騒《さわ》ぎでも起きれば、騎士団の有事特権が優先されて突入《とつにゅう》できるんですけどね」

騎士団は有事に際してのみ、有事特権により、あらゆる状況《じょうきょう》への介入《かいにゅう》が許される——帝国《ていこく》の法典にはそう書かれているのである。

「ほう……そういやあったな、そんなの」

ユーリがつぶやいてから、にやりと不敵な笑《え》みを浮《う》かべてみせた。

「つまり、屋敷《やしき》に賊《ぞく》でも侵入《しんにゅう》して、ボヤ騒ぎでも起きればいいってわけだ」

フレンがはっとしたように窓から振り返った。真剣《しんけん》な眼差《まなざ》しをユーリに向けて、

「ユーリ。君は——」

ユーリはそれ以上何も言わない。

すると、フレンは目線を下げて考えこんだ。しばしの間を置いて、またユーリを見る。それに対して、ユーリは笑顔のまま軽く片目をつぶってみせた。

フレンは笑わなかった。もう一度、考えこむようにうつむき、それからソディア、ウィチルらに向き直ると、

「市中の見回りに出る。手配書で見た賊が、執政官邸《しっせいかんてい》を狙《ねら》うとの情報を得た」

ユーリは鞘《さや》に収めた剣《けん》を肩《かた》に担《かつ》ぎ、満足げにうなずいた。

やはり、この友人はよく分かっている。

＊

室内にユーリとカロルとリタの姿はもうなかった。

「……本当によろしいのですか、フレン様」

長い沈黙《ちんもく》を挟《はさ》んで、そんなことをフレンにたずねたのはソディアだった。

「あんな賞金首をあてにするなど……」

フレンはそれには直接答えなかった。ただ、珍《めずら》しくもぼんやりとした口調でこんなことをつぶやいただけだ。

「内心では相当頭にきていたんだろうな……」

「は？」

「私の友人は素直《すなお》に自分の憤《いきどお》りを表に出すような、可愛《かわい》げのあるタイプではないという話だ」

いまのここカプワ・ノールの状況。帝都《ていと》ザーフィアスの下町でも似たようなことが起こったことはある。あのユーリがそれを目《ま》の当たりにして、何を思い、どう行動するのか。付き合いの長いフレンには手に取るように分かる。ただし、問題はその方法だった。本来であれば、こんなやり方はフレンの信条に反する。

が、しかし――。

「他《ほか》に手がないのも……事実か」

いぶかしげなソディアの前で、フレンは迷いを振《ふ》り切るように、そして、半ば自分に言い聞かせるようにもう一度言うと、それからちらりと目線を動かした。その先には、この場に残っていた一人の少女の姿がある。

「我々も出ます」

フレンは静かな口調で彼女にそう言った。

「本来であれば、エステリーゼ様にはここでお待ちくださいと申し上げるのが、私たちとしても筋ではあるのですが……」

途切《とぎ》れた声の先に、実は様々な意味がこめられていたフレンの言葉を向けられ、ソファに座っていた少女、エステルはようやく下を向いていた顔を上げた。

＊

「それにしても――」

カロルがそんなことを口にしたのは、街の西端《せいたん》にある執政《しっせい》官ラゴウの館《やかた》に向かう途中《とちゅう》の道でのことだった。

「天候を操《あやつ》る魔導器《ブラスティア》なんて、ボク、初めて聞いたよ。そんな便利なのが……」

「あるわけないでしょ」

いきなり否定してみせたのは、そのカロルの横を歩くリタだった。

「は？　リタ、いまなんて？」

「天候を操る魔導器《ブラスティア》なんてないって言ったの」

なぜか、そう言ったリタは不機嫌《ふきげん》そうな顔をしていた。

「大体、そんなお手軽なもんがあるなら、この世から人が住めない砂漠《さばく》も凍土《とうど》も、ついでに不作なんて言葉も消えうせてるわよ。……たぶん、そのラゴウとかいうやつ、複数の魔導器《ブラスティア》を無理やり同時に発動させて、大気や海に干渉《かんしょう》してるだけだわ」

「複数？」

「面倒《めんどう》だから説明は割愛《かつあい》するけど──雨を降らせたいのなら雨雲を呼べばいい。でも、雨雲を作りだす魔導器《ブラスティア》なんてないの。できるとすれば、大気の温度や湿度《しつど》に干渉して、『雨雲が生まれやすい状態』を作りあげることだけ。ストリム、レイトス、ロクラー、フレック……この辺りの属性を持つ魔導器《ブラスティア》、いや、魔核《コア》があれば可能か」

カロルは首をかしげた。

「でも、それって結局、天候を操ってるって言えるんじゃゃ……あいた！」

「あんた、事の重大さがまるで分かってないでしょ」

カロルの頭をはたいたリタが、足元に転がっていた小石を思いっきり蹴飛《けと》ばした。

「そもそも、いまある魔導器《ブラスティア》は、制御盤《せいぎょばん》である筐体《コンテナ》はともかく、魔核《コア》のほうは簡単なレプリカ的なものを除いて、ほとんどが古代ゲライオス文明の遺跡《いせき》からの発掘《はっくつ》品。特に大気に干渉するなんていう高出力を実現できる魔核《コア》となれば尚更《なおさら》ね。つまり……魔核《コア》っていうのは、発掘された時点である種の加工が施《ほどこ》されたものであり、それだけに、それぞれの魔核《コア》には力の特性がある」

「……だから？」

「だから、元々、力の特性が定まっている以上、魔核《コア》はいまの人間が勝手に用途《ようと》を変えるのは危険ってこと。水道魔導器《アクエブラスティア》の魔核《コア》なら水の制御《せいぎょ》に使うべきだし、結界魔導器《シルトブラスティア》の魔核《コア》にしても同じ。それを無理やり本来の用途でない天候の制御なんてのに使うっていうのは――」

しかし、そこでなぜかリタは口を閉《と》ざした。一度、奥歯を噛《か》んで、ぷいとそっぽを向く。

「いや、なんでもない」

「なんだよお」

「なんでもないって言ってんの。……あー、なんかいらいらする。ちょっと、あんた。たらたら歩いてないで、もっとしゃんとしなさいよ、しゃんと」

「……いや。あのな」

二人の前を歩き、それまで隣《となり》を行く相棒のラピードと共に、黙《だま》って後ろの会話を聞き流していたユーリは、初めて振り返った。うんざりしたように息をついて、

「オレのことは置いといて――なんでお前ら付いてくるんだ？」

そう。その点だった。元々、ユーリとしてはこの件は一人でやるつもりだった。分かっているのか、と二人には聞きたい。帝国《ていこく》の騎士《きし》であるフレンの黙認《もくにん》を取り付けたとはいえ、これからユーリがやろうとしていることはれっきとした犯罪行為《こうい》なのである。

だが、ユーリが問いかけると、リタは「あんたも分かってないわけ？」とでも言いたげな眼《まな》差《ざ》しを向けてきた。

「魔導器《ブラスティア》のことで、あたしが出ていかないわけないでしょ」

まあ、こいつはそう言うだろうなとは思っていたが――。

半ばあきらめの気持ちでユーリはそのリタからカロルに視線を移した。こちらは少しためらうような表情も見せたが、結局、

「うーん。でも、やっぱり街のことは放っとけないよ。エステルが治療《ちりょう》したあのティグルって人だって、あのときは大人しく家に帰ってくれたけど……また無理して漁に出ようとするかもしれないし。そうなったら――」

お人好《ひとよ》しというか、意外に正義感が強いというか。

ユーリはもう一度、ため息をついた。今度は苦笑《くしょう》をその顔に浮《う》かべて、

「いいんだな？」

「当然」

「うん！」

それぞれにきっぱりと二人が返事をする。ユーリはやはり苦笑いしたまま「分かった」とうなずき返した。

と、そこでカロルがふと背後を振《ふ》り返って、つぶやくように言った。

「エステルは……来ないね」

ユーリも笑《え》みを消した。

「ま、なんだかんだ言っても、あいつは貴族のお嬢様《じょうさま》だからな」

別に非難しているつもりはユーリにはない。それは当然のことなのである。第一、この街でフレンと再会した以上、エステルの旅の目的は果たされたも同然だ。

「同じ帝国貴族の執政官様に楯突《たてつ》くわけにもいかないだろ」

「それは分かってるけど……」

カロルが顔を曇《くも》らせてうつむき、リタはふんと鼻を鳴らしてあさっての方角を見る。

二人の姿を見やってから、ユーリは笑みを取り戻《もど》した。

「ま、首尾《しゅび》よく事が済んだら、また話くらいはできるだろうさ。──さ、行くぞ」

「う、うん」

「………」

ユーリが前を向き、カロルとリタもそれにならう。

だが、そのときであった。

「待って！　待ってくださいっ」

「エステル！」

カロルがうれしそうにその名を呼び、リタはちらりと目線をそちらに向けた。そんな二人の前で、息を切らして背後から駆《か》け寄ってきた少女、エステルは彼らに追いつくと、そのままユーリの前に立つ。そうして、

「あの、わたしも連れていってください」

立ち止まったユーリはじっとその姿を見つめた。エステルも目をそらさない。真剣《しんけん》な表情でユーリを見上げている。

ユーリはわずかに首をかしげて、ただこう言った。

「分かってんのか？」

いまから自分たちがやろうとしていること、その意味——。

エステルはやはり目をそらさなかった。きゅっと唇《くちびる》を噛《か》みしめてから、

「はい……」

ユーリは「ふむ」とつぶやいた。そうして、そのままエステルに背を向けた。

「なら、行くぞ」

「え——」

　あっさりした態度にかえって拍子《ひょうし》ぬけしたのか。

　エステルが目を丸くする。ユーリは肩越《かたご》しにそのエステルへ笑顔を向けて、

「ほら、ぐずぐずすんな」

　ぽかんとして立ち尽《つ》くすエステルを置いて、ユーリはさっさと歩きだした。その後ろ姿をラピードとカロルが小走りに追いかけ、

「エステル、早く早く」

　それでもエステルは突《つ》っ立ったままだった。が、そこへすっと横からもう一人の少女がエステルに近づいてきた。すれ違《ちが》いざまに、エステルの頭をちょんと指先で突き、

「ぐずぐずするなって言ってんでしょ」

「……で、でも」

「くどい。それとも行かないの？　行くの？　どっち？」

　決めるのは他《ほか》の誰《だれ》でもないあんた——そう言って、立ち止まったリタは横を向く。

　あぜんとしていたエステルの顔にも、それで笑みが浮かんだ。

「行きます」

「なら、しゃきしゃき歩く」

「はい！」

ようやくいつもの元気な少女の返事が辺りに響《ひび》き渡《わた》った。

＊

雨が小雨《こさめ》に変わっていた。

海側にせり出すようにして建てられた豪奢《ごうしゃ》な屋敷《やしき》。それがここカプワ・ノールの執政官《しっせい》ラゴウの館《やかた》だった。ちょっとした城を思わせる大きな館は背の高い頑丈《がんじょう》な壁《かべ》に周囲を囲まれていて、正面に両開きの門がある。門の前には剣《けん》を提《さ》げた男の姿が二人ほど見えた。おそらく門番だろう。

「で——」

その門からはやや離《はな》れた場所。道の両脇《りょうわき》に生えた街路樹の陰《かげ》で、カロルが声をひそめてユーリに問いかけた。

「どうやって、中に入るの？」

「ま、正面からごめんくださいと言っても通しちゃもらえないだろうな」

ユーリは平然と答えた。

「大体、こっちも客として来たわけじゃねえし」

「吹《ふ》っ飛ばす？」

魔導士のリタがすいと胸の前で指を立てて、低い声でたずねた。あいかわらず、こういうことでは血の気が多い。あわててカロルが制止した。

「だ、だめだよ、リタ」

「なによ。どうせ騒《さわ》ぎを起こすのが目的なんでしょ」

「だからって――」

「でも、問題の魔導器《ブラスティア》を見つけてからでないと、フレンも困ると思います」

これはエステル。

「本当の目的はそこなんですから」

リタが何か言う前に、ユーリがその通りとうなずいてみせた。

「騒ぎを起こすにしても、屋敷に侵入《しんにゅう》してからだな。門前でやっても、意味がない」

「じゃ、どうすんのよ？」

「正面が駄目《だめ》なら裏から。セオリーなら、住人が私用で使ってる通用門あたりが狙《ねら》い目なんだが……」

が、ユーリが言いかけたそのときだった。

「残念。外壁《がいへき》に囲まれてて、あそこを通らにゃ入れんのよね」

突如《とつじょ》、彼らの背後から聞こえた見知らぬ声。ユーリが素早《すばや》く、カロルとリタとエステルがぎょっとして振《ふ》り返る。特に一番驚《おどろ》いたのは最後尾《さいこうび》にいたエステルだっただろう。振り向いた目の前に男性の影《かげ》があった。思わず少女が口を開こうとする。だが、その前で男はわずかに腰《こし》をかがめ、「しっ」と唇に人差し指をあててみせた。

「こんなところで叫《さけ》んだら見つかっちゃうよ、お嬢《じょう》さん」

誰にも気づかれることはなかったが、ユーリは男の姿を見てわずかに目を見開いた。

まるでそこらを歩く酔《よ》っ払《ぱら》いをも思わせる風体。東方風の衣服。ぼさぼさの髪《かみ》。

知らない相手ではなかった。いや、よく覚えている。そう。それは帝都《ていと》ザーフィアスで、ユーリが騎士《きし》団に捕《つか》まって城の牢屋《ろうや》に放りこまれたとき、隣《となり》の独房《どくぼう》にいたあの風変わりな男だった。

「え、えっと――」

何とか一時の驚きから立ち直ったのか、エステルがたずねた。

「失礼ですが、どちら様です？」

こんなときでも丁寧《ていねい》なエステルの言葉を聞いて、男は不精《ぶしょう》ひげの生えた顔をニッとほころばせてみせた。

「な〜に。そっちのかっこいい兄ちゃんと、ちょっとした仲なのよ。――な？」

全員の目線が列の先頭にいたユーリに集中した。腕組《うでぐ》みをして男を見ていたユーリはそれを受け止めたあとで、さっさと前に向き直り、

「いや。違《ちが》うから。ほっとけ」

「おいおい。ひどいじゃないの。お城の牢屋では仲良くしたじゃない。ユーリ・ローウェルくんよぉ」

——ん？

ユーリはもう一度、男に向き直り、今度は鋭《するど》い目線を向けた。

「名乗った覚えはねえぞ」

そんなユーリの前で、男はあいかわらず飄々《ひょうひょう》とした笑顔《えがお》のまま、懐《ふところ》からそれを取り出す。この街に来てからも、あちこちで見かけたユーリの手配書。ああ、と納得《なっとく》したようにうなずいたのはカロルだった。

「ユーリは有名人だからね。で？　おじさんの名前は？」

「ん？　そうだな。とりあえず、レイヴンで」

「とりあえずって……」

うさんくさそうにつぶやいたのはリタだった。

「どんだけふざけたやつなのよ」

ユーリは眼差《まなざ》しから鋭さを消し、今度はうっとうしそうに男に向かって手を振ってみせた。

「そうか。んじゃ、レイヴンさん。達者で暮らせよ」

「つれないこと言わないの」

男──レイヴンはユーリの態度に怒《おこ》ることもなく、からかうように応じた。

「屋敷《やしき》に入りたいんでしょ？　ま、おっさんに任せときなって」

ユーリが何か言い返す前にレイヴンは木陰《こかげ》を出て、すたすたと歩きだす。そのまま屋敷の門前に立った門番に近づいていく。

「止めないとまずいんじゃないの？」

沈黙《ちんもく》してそれを見ていたユーリにリタが促《うなが》すと、ユーリは軽く首を左右に振った。

「あんなんでも、城を抜《ぬ》け出すときは本当に助けてくれたんだよな……」

エステルが少し目を丸くした。

「そうだったんです？　だったら、信用できるかも」

「だといいけどな」

門番に近づいたレイヴンは何事か話しかけている。特にトラブルのようなものが起きている気配はない。これはひょっとして──と、全員が思った、しかし、そのとき、

「!?　な、なんかこっちくるよ！」

レイヴンと話していた門番が突然《とつぜん》、血相を変えて、ユーリらが隠《かく》れている木陰に走り寄ってくる。明らかにそこに不審《ふしん》者がいると知ったような動きだ。しかも、そんな彼らの背後でレイ

ヴンはユーリたちに向かって笑顔で手を振り、彼自身はそのまま門番のいなくなった門から屋敷内にすたこら消えていった。

「そ、そんなあ……」

悲しげな声をあげたのはエステル。逆に横にいたリタはみるみるうちに顔を真っ赤にして、

「あいつ！　馬鹿《ばか》にして！　あたしは誰《だれ》かに利用されるのが大っ嫌《きら》いなのよ！」

今度はユーリもカロルも止める暇《ひま》さえない。胸の前で印を組んだリタがあっという間に術の詠唱《えいしょう》を始め、宙に浮《う》かびあがった魔法陣《まほうじん》がその体を包みこむ。

「——揺《ゆ》らめく炎《ほのお》、猛追《もうつい》！　ファイアボール！」

怒りの火球がこちらをだしにして屋敷内に侵入《しんにゅう》したレイヴンではなく、近づいてくる門番たちを先刻の予言通り吹《ふ》っ飛ばした。

「あ～あ、やっちゃったよ。どうすんの？　これ」

あきれたように言うカロルの前で、二人の門番は地面に引っくり返り、ぴくぴくと体を震《ふる》わせながら悶絶《もんぜつ》している。まあ、気絶しているだけで死んではいないようだ。リタも一応は手加減したらしい。

「どうするって、あのふざけたおっさんを追っかけるに決まってんでしょ！　こうなった以

上！」

「こうなったって、リタがやったことじゃ……」

「あの、リタ。目的を見失ってません？」

わりと冷静なカロルとエステルの突《つ》っ込みに、リタがうっと言葉に詰《つ》まる。やれやれと間に割って入ったのはユーリだった。

「ま、おっさんはともかく、こうなった以上ってのは同意だな。方法はともかく見張りもいなくなったことだし。とにかく行くぞ」

「そ、そうよ！　ほら、ぐずぐずしない！」

先行して駆《か》け出そうとしたリタをユーリは引き留めた。

「ちょい待て。正面はさすがにやめとけ。裏に回って別の入り口を探すぞ」

「わ、分かってるわよ」

ユーリとラピードを先頭に、その後ろからリタ、カロル、エステルが続いて、一行は屋敷内に入っていく。

頭上の空がまた荒《あ》れ始めているようだった。

Tales of Vesperia
テイルズ オブ ヴェスペリア

I

四 剣武二人・後編

世界は調和の上に成り立っている。

万物《ばんぶつ》の源となるエアル。しかし、薬も多すぎれば毒に変わるように、増えすぎたエアルは世界のバランスを壊《こわ》す。だからこそ、調整は必要不可欠。

私はそのために世界を巡《めぐ》る。

古い友と共に――。

＊

異様な空気であった。

「なに？　この臭《にお》い……」

大斧《おおおの》を両手で抱《かか》え、こわごわ辺りを見回していたカロルが不安そうにつぶやいた。日の光が届かない地下室。固く閉ざされていた昇降口《しょうこうぐち》の鍵《かぎ》をこじ開け、一行が足を踏《ふ》み入れたそこはかなりの広さがあるようだった。はっきりと全体を確認できないのは闇《やみ》のせいだ。カロルの横にいたユーリが同じ方向に目をやり、こちらはわずかに首をかしげた。

「……血と、あとはなんだ？　何かの腐《くさ》った臭いだな」

「何でもいいわよ」

と、リタが頭にはめたゴーグルの位置を正しながら応じた。

「とにかく、あの調子こいたおっさんをとっつかまえるの」

「あの、リタ。だから、目的が……」

エステルが言いかけたときだ。彼らの先頭にいたユーリの相棒、ラピードが不意に身を伏《ふ》せ、低くうなる。

「ラピー……」

近づこうとしたカロルの肩《かた》をユーリがぐいと摑《つか》んで止めた。

「ユーリ？」

「…………」

やがて、その気配はラピード以外の全員にも感じられるようになった。ずりずりと床《ゆか》の上を重たい革袋《かわぶくろ》が引きずられるような音。闇に慣れてきた瞳《ひとみ》に黒々とした影《かげ》が映る。形は、甲羅《こうら》に鋭《するど》い刺《とげ》が生えた亀《かめ》のようでもあった。しかし、それは決してただの亀ではない。大きさは人の背丈《せたけ》を軽く超《こ》えていて、涎《よだれ》を光らせた口元には犬歯を思わせる牙《きば》さえ見える。リタが大きく目を見開いた。

「ちょっと。何で街の中に魔物《まもの》が――」

「それこそ、何でもいい」

ユーリは剣を引き抜《ぬ》いた。

「やるぞ。エステル、援護《えんご》」

「は、はい！」

「わわっ。リ、リタ！　横からも来てるよ！」

「あーもう！」

地を貫《つらぬ》くような魔物たちの咆哮《ほうこう》が薄暗《うすぐら》い地下室全体を揺《ゆ》るがした。

「牙狼撃《がろうげき》っ！」

大気そのものを切り裂《さ》くようにして一閃《いっせん》したユーリの剣が、巨大亀《きょだいがめ》の脳天を貫き、そこへさらに躍《おど》りかかったラピードが、亀の喉笛《のどぶえ》を食いちぎる。

「シギャーッ！」

耳障《みみざわ》りな断末魔《だんまつま》の悲鳴を残して、亀はどうとばかりに崩《くず》れ落ちた。

そして、それが戦闘《せんとう》の終わりでもあった。

「……ったく。趣味《しゅみ》の悪いペットを飼ってんな」

不機嫌《ふきげん》そうにつぶやくユーリの足元に、とどめを刺《さ》したラピードが悠然《ゆうぜん》とした足取りで戻《もど》ってくる。ユーリは剣を鞘《さや》に仕舞《しま》い、相棒の首筋を撫《な》でた。周囲は先ほど以上に血の臭いが充満《じゅうまん》している。むせかえるようなその臭いに顔をしかめながら、サーベルを手にしたエステルがユーリのもとに歩み寄った。

「これも執政官《しっせい》が……」

「ま、自分ん家の地下に魔物を放し飼いにしといて知らぬ存ぜぬもないだろ」

でも——とユーリの言葉に異論を述べたのは、強力な術の連発でさすがに疲《つか》れたのか、やや息を切らしていたリタだった。

「こんなことして何の意味があるわけ？　これじゃ屋敷《やしき》の人間だっておいそれと地下室に近づけないわよ」

「隠《かく》しときたいものでもあるのかな？　でも、それなら警備の人間を置けばいいんだし……」

リタの隣《となり》でカロルも首をひねる。と、そこへ、

「パ……パ、マ……助けて……」

薄暗い地下室の先から聞こえたのはか細い声。ぎょっとしたようにカロルはもう一度斧を構え直した。

「ちょっ、今度は何？　どうなってんの、ここ!?」

エステルが真剣《しんけん》な眼差《まなざ》しでユーリを振《ふ》り仰《あお》いだ。

「行きましょう。誰《だれ》かいるみたいです」

「ああ」

そこはユーリたちが最初に入った部屋と壁《かべ》一枚を挟《はさ》んで右隣《みぎどなり》にある部屋だった。広さも同じくらい。ただし、部屋の先、正面奥に鉄格子《てつごうし》で仕切られた廊下《ろうか》がある。まるで牢屋《ろうや》のようだ。先行して室内に入ったユーリは思わず足を止めて眉《まゆ》をひそめ、あとに続いたカロルも「うげっ」と悲鳴にも似た声をあげた。

「な、何これ……骨？　人の？」

辺りに散乱しているのは、カロルが言ったとおりのものだった。石造りの床の上に転がるしやれこうべ。血の臭いはここでも変わらない。そして、腐《くさ》った肉の臭いも——。

「……えぐっ、えっぐ」

さっきと違《ちが》って、今度ははっきり泣き声が聞こえた。一同が振り返る。部屋の隅《すみ》だ。子どもだろうか。小さな人影《ひとかげ》が頭を抱《かか》え、床にうずくまっている。

他《ほか》の誰よりも早くエステルが動いた。床に座りこんだ子どもに近づき、柔《やわ》らかく声をかける。

「大丈夫《だいじょうぶ》だよ」

膝小僧《ひざこぞう》に顔をうずめていた子どもが首を上げた。涙《なみだ》に濡《ぬ》れた幼い顔。男の子だろう。エステルがさらに「ん？」と首をかしげながら優《やさ》しく微笑《ほほえ》んでみせると、恐怖《きょうふ》と絶望に彩《いろど》られた顔に救われたような表情が浮《う》かんだ。床を這《は》うようにして男の子はエステルに近づき、その足にしがみつく。エステルは腕を伸ばし、男の子の背中を撫でてやった。

「何があったのか、話せる？」

それでもしばらくの間、男の子はエステルにしがみついたまま泣いていたが、やがて、嗚咽《おえつ》をこらえながら顔を上げた。

「こわいおじさんに連れてこられて……」

「こわいおじさん？」

「う、うん。パパとママが『ぜいきん』をはらえないからって――」

愕然《がくぜん》とした空気が一同の間を流れた。口に出して言ったのはカロルだった。

「ねえ。もしかして、この子、街で会ったあの人たちの……」

ユーリがすっとエステルと男の子に近づき、声をかけた。

「ぼうず。名前、言えるか？」

「ポ……ポリー」

やっぱり――。

思い返してみれば、街で会ったあの夫婦《ふうふ》に税の取り立てをしていた役人たちはこうも言っていた。「執政官であるラゴウのおもちゃは食欲旺盛《おうせい》だ」と。「早く税を払《はら》わなければ子どもがどうなるか分からない」と。無論、同じような目に遭《あ》っているのはあの夫婦だけではないだろう。ここに転がっている人骨がその証《あか》し。おそらくは連れてこられた人間が、この地下に巣くっている魔物《まもの》たちに……。

「何てひどいこと……」

エステルが唇《くちびる》を噛《か》みしめた。そこへ、

「はて。これはどうしたことか。美味《おい》しい餌《えさ》が増えていますね」

キンキンと耳を刺《さ》す甲高《かんだか》い声は、部屋を仕切る鉄格子の向こう側、廊下から響《ひび》いた。

＊

年配の男性である。伸《の》びたあごひげは白く、老人と呼んでもいいかもしれない。狐《きつね》のように細く鋭《するど》い目にはどこか他人を見下している気配が感じられる。もっと言えば酷薄《こくはく》を絵に描《か》いたような眼光であった。加えて、身にまとっているのはいかにも金にものを言わせた豪奢《ごうしゃ》な長衣《ローブ》。決して市井《しせい》の人間が買えるような衣服ではない。ということは、ひょっとして、この老人が——。

何か言いかけたエステルをさえぎり、その姿を背後に隠すようにして、ユーリが鉄格子の向こうに立つ老人の前へ一歩出た。

「あんたがラゴウさん？　ずいぶんと胸糞《むなくそ》の悪い趣味《しゅみ》をお持ちじゃねえか」

「趣味？　ああ、この地下室のことですか」

老人はユーリの問いかけを否定しなかった。どうやら、本当にここカプワ・ノールの執政官

である帝国貴族《ていこく》ラゴゥらしい。

「これは私のような高貴な者にしか理解できない楽しみなのですよ」

老人があいもかわらず甲高い声で小馬鹿《こばか》にしたように言った。

「評議会の小心な老人どもときたら、退屈《たいくつ》な駆《か》け引きばかりで私を楽しませてくれませんからね。その退屈を下等な平民で紛《まぎ》らわすのは、私のような選ばれた人間の特権というものでしょう？」

完全に倫理《りんり》観に欠けたことをラゴゥが平然と口にする。ユーリの後ろでエステルが身を震《ふる》わせながら小さくつぶやいた。

「まさか……ただそれだけの理由でこんなことを……」

その声はラゴゥの耳には届かなかったようだ。老人は目の前にいるユーリを舌なめずりするような歪《ゆが》んだ笑《え》みと共に見やって、今度はこう言った。

「さて。何にしても、活《い》きの良い餌が増えたのなら、今日はまた面白《おもしろ》い見世物《みせもの》になりそうですね。せいぜい、私の無聊《ぶりょう》をなぐさめるためにのたうちまわって悲鳴をあげてほしいものです」

ユーリはそれを鼻先で笑い飛ばしてみせた。

「あっちの部屋にいたペットなら期待しても無駄《むだ》だぜ。オレらが全部やっちまったからな」

初めてラゴゥの顔から笑みが消えた。

「……何ですって？」

「聞こえなかったか？　オレらが倒《たお》したって言ったんだよ」

ユーリがさらに笑って舌を出す。とたんにラゴウの形相が変わった。

「くっ……なんということを……」

「愛玩《あいがん》用なら、分かるように鈴《すず》でも付けとけってんだ」

「！　ま、まあ、いいでしょう。金さえ積めば、代わりはいくらでも……」

言いかけたそのとき、とうとう辛抱《しんぼう》できなくなったのか、ユーリの背後からエステルが飛び出した。普段《ふだん》とは違《ちが》い、凛《りん》とした声で言い放つ。

「ラゴウ！　それでもあなたは帝国に仕える人間ですかっ⁉」

「む、下賤《げせん》の分際で何を偉《えら》そうに……」

だが、瞬間《しゅんかん》、ラゴウの目がこの上もなく見開かれた。あぜんとしたように眼前の少女を瞳《ひとみ》に映して、

「あなたは……ま、まさか？」

つぶやきつつ、老人が鉄格子《てつごうし》に近寄る。それをちらりと見やってから、エステルの隣《となり》にいたユーリはいきなり剣《けん》を抜《ぬ》き払った。

「てあっ！」

一閃《いっせん》。剣先《けんさき》から生まれた無形の衝撃波《しょうげきは》がラゴウとこちらを仕切っていた鉄格子に襲《おそ》いかかる。

鉄格子自体は決して脆《もろ》いものでもなかったのだろう。しかし、ユーリの剣技《けんぎ》をまともに食《く》らっ

て、それは激しく震えた。留め金が弾《はじ》け飛ぶ音。そのままゆっくりと廊下《ろうか》側に倒れていき、その先にいたラゴウは悲鳴をあげて飛び退《すさ》った。

「ひっ……き、貴様、何をするんですか⁉」

「おーうまいうまい。よく避《よ》けたな」

ユーリはラゴウの非難などまるで聞こえぬようにうそぶいた。

「ま、こっちとしても、ここでいきなりお前にくたばってもらっても困るといや困るんだが」

くっとラゴウが呻《うめ》き、身を翻《ひるがえ》した。

「誰《だれ》か！　侵入者《しんにゅう》です！　捕《と》らえなさい！」

叫《さけ》びながら、ラゴウが廊下の向こうに走り去っていく。あとを追おうとしたエステルとラピードを、ユーリが制止した。

「あいつをとっ捕《つか》まえるのはフレンと騎士《きし》団の役目だ」

「でも……！」

「目的を履《は》き違えんな。オレたちの役どころは、例の天候を操《あやつ》る魔導器《ブラスティア》とやらを見つけた上で騒動《そうどう》を起こし、フレンがここに突入《とつにゅう》できる理由を作る、だろ。──そっちも分かってるか？」

ユーリが眼差《まなざ》しを向けた先にいるのは、胸の前で指を立て、術の詠唱《えいしょう》に入りかけていた魔導士リタ。少しあわてたように詠唱を解除し、不機嫌《ふきげん》そうにうなずく。

「わ、分かってるわよ」

「でも、急がないとまずいんじゃない？」

緊張《きんちょう》した顔でそう言ったのはカロルだった。

「それにこの子はどうするの？」

カロルの横に、あのポリーと名乗った男の子が立っている。

ユーリはほんの少し考えこんでから、小さく息をついた。

「ここから一人で街に帰れって言うわけにもいかねえな。——エステル、ラピード。守ってやってくれるか？」

「は、はい。必ず」

「ウォン！」

「ポリーだったな？　お姉さんとそのおっきな犬のそばから絶対離《はな》れるなよ」

「う……うんっ」

さすがに街を治める執政官《しっせい》の家だけあって、屋敷《やしき》は広い。

この中から天候を操る魔導器《ブラスティア》が置かれた部屋を探すのは容易ではなかったが、部屋から部屋へ、あわただしく動き出した衛兵の目を避けつつ移動しながら、ユーリはあとに続くリタにささやき声でこう言った。

「専門家の出番だぞ」

「あたしなら、屋敷のどこに魔導器《ブラステイア》を設置するかってこと？……そうね」

リタは首をひねってから、すぐにあっさりと答えた。

「確定はできないけど、天候を操るっていうなら、外気に触《ふ》れやすい場所。それも海側がいい。結局、この街の環境って海に左右されるんだから。それに水が近くにあったほうが、水蒸気も発生させやすいし」

「よし。その線で行ってみよう」

さらに周囲を警戒《けいかい》して屋敷の奥へ進む。そして、屋敷の最も西側、赤い絨毯《じゅうたん》が敷《し》かれた廊下の先にいかにもそれらしい部屋を見つけた。凝《こ》った模様が彫《ほ》りこまれた扉《とびら》。鍵《かぎ》がかかっている。

「道具で開けようか？」

「ここまで来て、お上品にやってもな。これで——いいだろ！」

問いかけてきたカロルの言葉にかぶりを振《ふ》って、ユーリが力いっぱい扉を蹴破《けやぶ》る。中は二階まで吹《ふ》き抜け構造になった広々とした部屋だった。そして、一同の目にその巨大な魔導器《ブラステイア》の姿が飛びこんできた。

低い振動《しんどう》音は、魔導器《ブラステイア》がいまもなお稼働《かどう》中であることの証《あか》しなのだろう。

ほのかに青白い光を放つその魔導器《ブラスティア》は全体としてはかなり変わった形をしていた。特に一般《いっぱん》で用いられている魔導器《ブラスティア》に見られるようなシンプルさがない。彫刻的《ちょうこく》な水道魔導器《アクエブラスティア》はもちろんのこと、街を守る結界魔導器《シルトブラスティア》などに比べても、ごてごてとした形状をしている。大きさは結界魔導器《シルトブラスティア》ほどではないが、それでも、この広い部屋全体を覆《おお》いつくすほどの幅《はば》と高さがあった。

「やっぱり……あんなものに無理やり押しこんで……」

魔導器《ブラスティア》を一目見るなり、リタが険しい顔になった。ユーリはたずねた。

「分かるのか？」

「あれが『当たり』ってことくらいはね」

言うなりリタはその場を駆《か》け出し、魔導器《ブラスティア》に近寄った。正面にあった制御盤《せいぎょばん》のようなパネルの前に立つと、パネルの表面に指を走らせる。

「ストリムにレイトス……予想通り。複数の魔導器《ブラスティア》をツギハギにして組み合わせている……こんな無茶《むちゃ》な使い方して」

その後ろ姿を見ていたエステルがユーリに目をやった。

「これで証拠《しょうこ》は確認できましたね」

「ああ」

「リタ。調べるのはあとにして――」

「……もうちょっと。もうちょっと調べさせて」

エステルに言われてもリタは制御盤の前を離れようとしない。ユーリがあきれたように声をかけた。

「あとでフレンにその魔導器《ブラスティア》を回してもらえばいいだろ？　さっさと有事ってやつを始めようぜ」

「何か壊《こわ》していいものは……」

エステルがつぶやき、カロルもきょろきょろと辺りを見渡《みわた》す。だが、彼らが動こうとしたそのとき、

「あ〜っ!!　もう!!」

苛立《いらだ》ちが頂点に達したような叫《さけ》びはリタが発したものだった。のみならず、リタは制御盤に走らせていた指を胸の前に持ってくると、いきなり術の詠唱《えいしょう》を始める。少女の手の中に生まれる火球。問答無用で放たれたそれは、近くの柱に近づこうとしていたカロルの足元で爆発《ばくはつ》した。

「うわあ!　いきなり何すんだよっ!?」

「こんくらいしてやんないと、騎士《きし》団が来にくいでしょっ!!」

怒鳴《どな》り散らしながら、リタはなおもところかまわず術をぶっ放している。理由はよく分からないが、とにかく完全に頭に来ているようだ。唯一《ゆいいつ》、自分の前にある魔導器《ブラスティア》にだけは手を出さないところはさすがというべきか。

「で、でも、これはちょっと。リタ……」

さすがにエステルがリタを止めようとした。そこに、

「人の屋敷《やしき》で何たる暴挙ですっ！」

キンキンと耳に響《ひび》く叫びは彼らが入ってきた扉とは逆側、部屋の奥にあったもう一つの扉からだった。あの執政官《しっせい》ラゴウだ。ただし、今度は一人ではない。周囲に何人もの男たちを連れている。屋敷に詰《つ》めている衛兵とは少し雰囲気《ふんいき》が違《ちが》っていた。傭兵《ようへい》のようだ。くすんだ灰色の装束に身を包んだその姿。振り向いた一同のうち、なぜかカロルだけが少し驚《おどろ》いたような声をあげた。

「あいつら……」

その一方でリタはラゴウや傭兵たちを見ても、構わず術の詠唱と発動を繰《く》り返していた。辺りに炸裂《さくれつ》する火の玉。ラゴウがそれを見て、さらに憎悪《ぞうお》で顔をゆがめ、配下の男たちに叫んだ。

「お前たち！　報酬《ほうしゅう》に見合った働きをしてもらいますよ。あの者たちを捕《と》らえなさい！　ただし――」

そこで、ラゴウは一行の中でエステルに目を向けた。

「くれぐれもあの女は殺してはなりません」

ユーリはちっと舌を鳴らし、術を放ち続けているリタに駆け寄った。

「十分だ。退くぞ！」

「何言ってんのっ、まだ暴れ足りないわよ！」

「早く逃《に》げねえと、フレンとご対面だ。そういう間抜《まぬ》けはごめんだぜ」

「まさか。こんなに早く来るわけ……」

しかし、リタがなおも反論しかけたところで、再び複数の人間の足音が部屋の外から聞こえた。今度はユーリたちが入ってきた扉《とびら》から何人もの人間が姿を現す。輝《かがや》く金の髪《かみ》に、身につけた軽鎧《ライトメイル》。帝国騎士《ていこくきし》団小隊長フレン・シーフォ。そして、部下のソディア、ウィチルたち。

「フレン！」

エステルがその名を呼び、カロルが「あちゃー」と頭を抱《かか》える。ユーリはリタに言った。

「ほらみろ」

「……頭は固いけど、やることはちゃんとやるタイプなわけね」

そんな会話をかわす彼らには何も言わず、フレンは執政官ラゴウに向かってごく落ち着いた声で呼びかけた。

「執政官。何事かは存じませんが、事態の対処に協力いたします」

ラゴウがそれを刺《さ》すような目で見た。

「ちっ、仕事熱心な騎士ですね……」

舌打ちと共にラゴウがつぶやく。

しかし、その瞬間《しゅんかん》、室内が大きく揺《ゆ》れた。

巨大《きょだい》な火炎《かえん》の術が炸裂したような音は、彼らの頭上からだった。リタではない。現にそのリタでさえ驚いたように音がした方向を見上げている。その前で崩《くず》れ落ちる屋敷の外壁《がいへき》。外部から吹《ふ》っ飛ばされた壁《かべ》の隙間《すきま》から外の空と、そこに浮《う》かんだ黒影《こくえい》が見えた。

「え――」

つぶやきは誰《だれ》がもらしたものだったのか。だが、彼らが驚きを言葉にする前に、影《かげ》は――おそらく自らが破壊《はかい》したであろう、崩れた壁の間から屋敷内に飛びこんできた。羽ばたきを繰り返す巨大な青い翼《つばさ》。爬虫類《はちゅうるい》のそれを思わせる長い尾《お》。鳥ではない。そう。それはおとぎ話などではあまりに有名で、一方、人の目には触《ふ》れることがほとんどない生き物であった。

「竜《りゅう》っ⁉」

カロルが素《す》っ頓狂《とんきょう》な叫びをあげる。しかも、ただの竜ではなかった。背にまたがった人影《ひとかげ》が見える。顔まで厚く覆《おお》った全身鎧を身につけた人間の姿が。エステルも驚愕《きょうがく》で目を丸くした。

「魔物《まもの》に人が……？」

突然《とつぜん》乱入してきたその竜と竜使いの人間は、その場の人々の驚きをよそに、さらにとんでもない行動に出た。宙に弧《こ》を描《えが》き、室内の中央にあった魔導器《ブラスティア》へ向き直ると、竜の口が大きく開く。血の色を思わせる喉《のど》の奥。そこに炎《ほのお》が生まれる。放たれたのは灼熱《しゃくねつ》の吐息《といき》。ものの見事に魔導器《ブラスティア》の中心部を直撃《ちょくげき》し、再び辺りに爆発音《ばくはつ》が響き渡《わた》った。閃光《せんこう》が辺りを包み、それまで低い稼働音《かどう》を響かせていた魔導器《ブラスティア》から黒煙《こくえん》が上がる。おそらく魔導器《ブラスティア》の所有者であるラゴウや、それを調査するつもりだったフレンも愕然《がくぜん》としたであろう。が、中でも最も激烈《げきれつ》な反応をしたのは魔導士のリタだった。

「ちょっとっ⁉ 何してくれんのよ！ 魔導器《ブラスティア》を壊《こわ》すなんて！」

だが、竜とそれに乗っている人間はリタには構わなかった。魔導器《ブラスティア》の破壊を見届けると、用は済んだとばかりに入ってきた壁の間からすぐさま外に飛び去っていく。

「待てこらっ！」

リタが術の火炎を放つが、竜の背には届かない。いや、実際、周囲の状況《じょうきょう》はもうそれどころではなかった。竜と竜使いによって破壊された魔導器《ブラスティア》から炎が噴《ふ》き出している。はっと我に返ったフレンは「くっ」と一声呻き、同行していた部下のソディアたちに向かって叫《さけ》んだ。

「すぐに消火を！」

火災の危険ももちろんだが、そもそもフレンにとっては、この魔導器《ブラスティア》を調べることも重要なのである。ラゴウの罪を立証するものが消えてしまっては全《すべ》てが水の泡《あわ》だ。

「船の用意をっ！」

そのフレンを尻目《しりめ》に、当のラゴウは部下の傭兵《ようへい》たちに命じていた。のみならず、自身も身を翻し、部屋から逃げ出そうとしている。

「ちっ、逃がすか！　追うぞ！」

ユーリは仲間たちに声をかけ、その場から駆《か》け出した。

＊

屋敷《やしき》の外はあいかわらず曇《くも》り空だった。ただし、雨はやんでいる。天候を制御《せいぎょ》する魔導器《ブラスティア》が破壊され、その効果が少しは薄《うす》れたのだろうか。

「ったく、何なのよ！　あの魔物に乗ってんの！」

リタが怒鳴《どな》り声をあげている。あの魔導器《ブラスティア》が置かれた部屋に入ってから、彼女のテンションは上がりっぱなしだ。まあ、何より学術的関心と愛情を注いでいる魔導器《ブラスティア》をあんなふうに扱《あつか》われたのでは無理もないのだろう。カロルがその隣《となり》でつぶやいた。

「竜使いなんて、ボクも初めて見たなあ」

リタは燃え上がる目で少年をにらみつけた。

「竜使いなんて勿体《もったい》ないわ！　バカドラで十分よ、あんなの！　あたしの魔導器《ブラスティア》を壊して！」

「バカドラって……。それにリタの魔導器《ブラスティア》じゃないし」

「こら。くっちゃべってる暇《ひま》はねえぞ」

ユーリが横から注意を促《うなが》した。逃《に》げたラゴウを追って、屋敷の外に出てみたものの、すでにラゴウと配下の傭兵たちの姿はそこになかった。船のことを口にしていたから、向かった先はおそらく船着き場か。破壊された魔導器《ブラスティア》の件はフレンに任せておくとして――しかし、そこでユーリはあることを思い出した。一行の一番後ろにいたエステルとラピードに近寄る。いや、正確にはその一人と一頭に挟《はさ》まれるようにして、立っている男の子にだ。ポリーという名の男の子。

「ここまで来れば、一人で家に帰れるな？」

ユーリがたずねると、ポリーもこっくりとうなずき、そうして、逆にたずねてきた。

「ラゴウってわるい人をやっつけに行くんだよね？」

「ああ。急いでんだ」

「うん。だいじょうぶ。ひとりで帰れるよ」

「いい子だ」

ユーリが頭を撫《な》でてやると、ポリーは初めてにっこりと笑った。そのままユーリや他《ほか》の仲間たちにぺこりと頭を下げてから、街の方角へ駆《か》け出していく。エステルがなぜか無言でじっとその後ろ姿を見ていた。

「エステル。どうしたの？」

いぶかしげにカロルが問いかけると、エステルは「その……」と言いよどんでから、沈《しず》んだ声で答えた。

「わたし、まだ信じられないんです。執政官《しっせい》があんなひどいことをしていたなんて……」

「よくあることだよ」

カロルが言い、ユーリもうなずいた。

「帝国《ていこく》がってんなら、この旅の中でも何度か見てきたろ？」

「でも……」

エステルはまた言葉に詰《つ》まり、しかし、そこで迷いを振《ふ》り払《はら》うように一度小さく首を左右に振った。

「いえ──いまはとにかく執政官を追いましょう」

「その意気だ」

再び彼らは走り出す。

船着き場にはこれまた貴族趣味《しゅみ》を絵に描いたような豪華《ごうか》な船が停泊《ていはく》していた。しかも、すでに陸を離《はな》れようとしている。波を切って、ゆっくりと動き出した船先。カロルが懸命《けんめい》に走りながら叫《さけ》んだ。

「あー、逃げられちゃった！」

「過去形にすんな。追いつくんだよ」

た。

「で、でも……」

言い返そうとしたカロルの小柄《こがら》な体を、ユーリは同じように駆けながらひょいと横から抱《かか》え

「行くぞ」

「え……ちょっ、待って待って！　心の準備がうわあああああああああ！」

問答無用とばかりにユーリは腕《うで》の中のカロルを並走していた船の上に放り投げ、自らも高く

ジャンプして船に飛び乗った。あとに続いていたエステルに向かっては甲板《かんぱん》から手を伸《の》ばして

引き上げ、さらにラピード、リタは自力で船に飛び移ってくる。

「……あたしはこんなところで何やってんのよ」

さすがに息も荒《あら》く甲板に膝《ひざ》をついてリタがつぶやくが、そこで彼女は「ん？」と首をかしげ

た。目の前に妙《みよう》に存在感のある大きな木箱が置かれている。何気なくその中身をのぞきこんだ

ところで、リタは顎《あご》が外れでもしたようにぽかんと大きく口を開いた。

「ちょっと……何よこれ。魔導器《ブラスティア》の魔核《コア》じゃない！」

「何？」

ユーリやカロルたちもリタの傍《そば》に近寄る。なるほど、リタの言うとおりであった。箱一杯《いっぱい》に

詰め込まれているのは、大小様々な魔核《コア》の数々。色も種類も豊富で、まるで宝石箱のようだ。

カロルが訳が分からないと言いたげに首をひねる。

「何で、こんなにたくさん魔核《コア》だけ？」

「知らないわよ。アスピオの研究所だって、こんなに数が揃《そろ》うことはないってのに」

答えるリタの後ろで、エステルが隣《となり》にいたユーリの顔を見上げた。

「ユーリ。ひょっとして、これは……」

「全《すべ》ての悪事は執政官に繋《つな》がるってか？　さすがにそれはどうかな……」

「でも――」

「ま、確かにオレが追ってる魔核泥棒《コアどろぼう》も、ただのコソ泥《どろ》って感じじゃなくて、誰《だれ》かから指示を受けて動いてたみたいだが……。おい、その中に水道魔導器《アクエブラスティア》の魔核《コア》はあるか？」

ユーリが問いかけると、リタは木箱の中を一通り見てから、かぶりを振った。

「残念だけど、それほど大型の魔核《コア》はないわ」

「となると、やっぱ断定はできないか」

ユーリはやれやれと頭をかいた。

「でもさ。この船、他にも魔核《コア》を積んでるかもしれないよ」

言いながら、カロルが木箱の傍を離れ、甲板の中央にある船室の入り口に近づいた。

「探したら、他にも見つかるかも」

「可能性はあるだろうけどな。ただ、いまはそれより先に――」

ユーリが言いかけたそのときであった。

「！」

不意に周囲に殺気が涌《わ》き起こる。そして、船内から飛び出してきたのは複数の男たち。灰色を基調にした装束を身にまとっている。手に手に握《にぎ》っているのは刃《は》のそった、短めの刀。カロルが思わず後ずさりをし、その名を口にした。

「こいつら……やっぱり『紅の絆傭兵団《ブラッドアライアンス》』だ」

「知ってんのか。カロル先生」

ユーリがたずねると、カロルは額に汗《あせ》を浮《う》かべてうなずいた。

「うん。五大ギルドの一つだよ。名前の通り、傭兵《ようへい》なんかをやってる人が多いギルド。――ただ」

そこで、カロルは一度言葉に詰まった。

「普通《ふつう》は交易商の護衛をしたり、同じギルド同士で協力することはあっても、帝国の悪だくみに手を貸したりはしないはずなんだけど……」

ギルド。それは本来、帝国の被《ひ》支配層の中でも特に低く見られる下層民たちが、帝国の頑《かたく》なな法の支配を逃《のが》れて作った互助《ごじょ》組織のことを指す。帝国の強制を拒否《きょひ》すると同時に、僅《わず》かながらも存在したその恩恵《おんけい》すら放棄《ほうき》した彼ら。だからこそ、帝国とは別に共同体に近いものを作り、互《たが》いに助け合って生きている。

ただ、そうした成り立ちを経《へ》て生まれた集団だけに、彼らと帝国は基本的には互いに表だった交流を避《さ》ける関係にあることが多かった。特に、一般《いっぱん》市民レベルでの交流はともかく、帝国《ていこく》の官僚《かんりょう》組織と彼らとの関係はお世辞にも良好とは言えない。場合によっては、縄張《なわば》り争いに近い紛争《ふんそう》を起こし、互いを攻撃《こうげき》しあうことさえある。

「そのギルドの人間が帝国の執政《しっせい》官様の悪事に加担している……魔導器《ブラスティア》や魔核《コア》の件といい、どうも裏がありそうだな、こいつは」

ユーリはつぶやき、ちらりと隣のエステルに視線を走らせた。そのエステルは珍《めずら》しくも険しい顔つきで目の前に現れたギルドの傭兵たちを見ている。と、そこに、

「はん！　ラゴウの腰抜《こしぬ》けは、こんなガキどもから逃《に》げてんのか」

ガラの悪いだみ声と共に、傭兵たちの後ろからひときわ大柄《おおがら》な男が姿を現した。隆々《りゅうりゅう》と盛り上がった全身の筋肉。分厚い胸板《むないた》。おそらくは刀傷によるものと思われる隻眼《せきがん》が、いかにも荒《あら》事《ごと》の世界で生きてきた者特有の威圧《いあつ》感《かん》を漂《ただよ》わせている。左腕《ひだりうで》に何やら奇妙《きみょう》な形をした義手をはめていて、背中には肉切り包丁をそのまま大きくしたような巨大《きょだい》な剣《けん》を携えていた。

「あんたがこいつらのボスか？」

ユーリが大して驚《おどろ》きもせずに問いかけると、姿を現したその大男はにやりと笑い、そして、いきなり動いた。丸太のような腕《うで》を振《ふ》りかざし、ユーリに突進《とっしん》する。巨体《きょたい》に似合わず、おそろしく速い。とっさにユーリは横に飛んで男の拳《こぶし》を避けた。男はやはり不敵な笑《え》みを浮かべたまま足を止め、振り返った。

「いい動きだ。その肝《きも》っ玉もいい。ワシの腕も疼《うず》くねえ……。うちのギルドにも欲しいほどだ」

ユーリは肩《かた》をすくめてみせた。

「そりゃ光栄だね」

「だが、その目はいけねえ。野心が強い目だ。ギルドの調和を崩《くず》す。惜《お》しいな――」

本気なのかどうか分からない言葉を男が笑いをまじえて口にしたとき、船室の入り口の陰《かげ》から聞き覚えのある甲高《かんだか》い声がした。

「バルボス。さっさとこいつらを始末しなさい!」

あのラゴウだ。傭兵たちを盾《たて》にするようにして、こちらを見ている。だが、バルボスと呼ばれた大男は今度はうっとうしそうにそれに言い返した。

「金の分は働いた。それに、すぐに騎士《きし》団の連中が来る。追いつかれては面倒《めんどう》だ」

大男は悠然《ゆうぜん》と甲板《かんぱん》を歩き、船の帆柱《ほばしら》から伸《の》びたロープに近づいた。船外に突《つ》き出し、何かを吊《つ》り下《さ》げているらしいロープ。男は背中の大剣を義手ではない右手で引き抜《ぬ》き、一閃《いっせん》させると、ロープを切断した。バシャンという何かが海面を叩《たた》く音。吊られていたのはどうやら船が遭難《そうなん》したときなどに使う脱出艇《だっしゅつてい》のようだった。いまユーリらが乗っている船よりはるかに小さいボートが波の上に浮かぶ。

「小僧《こぞう》ども。次に会えば容赦《ようしゃ》はせん」

言うなり、大男は身を躍《おど》らせ、ボートに飛び乗った。ラゴウが顔をひきつらせてわめく。

「待てっ！　まだ船室に――」

しかし、それ以上の時間の浪費《ろうひ》は自分の身も危《あや》うくすると気づいたのだろう。ラゴウは舌を鳴らし、甲板に残っている傭兵たちを盾にしてユーリらを牽制《けんせい》しながら、こちらも船の縁《へり》に近づいた。

「ザギッ！　あとは任せますよ！」

止める間もない。一声叫《さけ》ぶなり、ラゴウも大男と同じ小舟《こぶね》に飛び移った。そして、捨て台詞《ぜりふ》のように残したラゴウのその言葉を受け、船内からもう一人の男が姿を現す。

細くはあるが、筋肉質でもある体を拘束《こうそく》するように×の字に巻いたベルト。二色に染め分けた髪《かみ》。血の色をした尋常《じんじょう》でない眼光――。

「誰《だれ》を……殺《や》らせてくれるんだ？」

ユーリとエステルが同時に目を見開いた。

そう。それは以前帝都《ていと》ザーフィアスでユーリをフレンと誤解し、二人を襲《おそ》ったあの刺客《しかく》ザギだった。

「ユーリ！　あの人は――」

「どうも縁があるみたいだな……」

　エステルの言葉に応じたところで、その男——ザギが動く。両手に持った円月刀。矢のような勢いで踏《ふ》み込んできたザギが刀を振り下ろし、ユーリが自分の剣を引き抜いてそれを受け流した。

「刃《やいば》がうずくぅぅぅ。殺らせろ……殺らせろぉ！」

「おっと。お手柔《てやわ》らかに頼《たの》むぜ」

　再び剣と刀を構え、向かい合う両者。あぜんとしていたエステルが、リタが、カロルが我に返って動こうとする。だが、それに対してユーリは鋭《するど》く叫んだ。

「来るな！」

　はっきり言えば、このザギとやりあうのはエステルやカロルには荷が重い。魔導士であるリタ向きの相手でもない。それにこの場にいるのは以前と違《ちが》って、ザギだけではなかった。他《ほか》にも『紅の絆傭兵団《ブラッドアライアンス》』の傭兵《ようへい》たちが残っている。

　ユーリは口調を元《もど》に戻してさらに仲間たちに告げた。

「悪いが、そっちはそっちでラピードと一緒《いっしょ》に露払《つゆはら》いを頼むわ。できるだけ、こっちの邪魔《じゃま》をしないようにな」

「ったく、勝手なことを」

　不機嫌《ふきげん》そうにリタが言い返すが、それでも彼女はユーリの意図を理解してくれたようだった。

ためらうエステルとカロルを促《うなが》し、他の傭兵たちと向かい合う。それを確認したあとで、ユーリは再び目の前のザギに全身の意識を集中させた。

「今回は相手を間違《まちが》えてるってわけでもなさそうだな……んじゃ」

ザギの眼《め》が光る。ユーリの剣《けん》を持つ手に力がこめられる。

「始めるか！」

ユーリの言葉と同時に、二人の足が甲板を蹴《け》った。

交差する剣と刀。

ザギの刀術は変則的であり、ユーリの剣術《けんじゅつ》も基本は騎士団仕込みとはいえ、自分なりのアレンジを加えている。そういう両者だけに、戦いはお世辞にもお上品なものとは言えなかった。甲板の上に置かれていた木の樽《たる》をユーリが蹴飛《けと》ばし、相手の動きを乱そうとすれば、ザギはザギで転がってきた樽をただかわすのではなく、それを盾にして側面に飛び、横あいから斬撃《ざんげき》を放つ。いわゆる騎士同士の馬上試合に見られるような一種の儀式《ぎしき》めいた様式美はそこにはない。奇襲《きしゅう》、目くらまし上等、何でもありが彼らの戦い方だ。頭の固い者がそれを見れば「優雅《ゆうが》さがない」と評して眉《まゆ》をひそめるかもしれない。しかし、変則も極《きわ》めればまた別の美を生む。互《たが》いにいっさいのためらいなく命を賭《か》けた刹那《せつな》の攻防《こうぼう》。相手を倒《たお》す、自らが生き残る——純粋《じゅんすい》にそ

の目的のためだけに動く二つの影《かげ》は、戦いというものの原点をよく表している。

——あいかわらず速え。

むちのようにしなり、襲いかかってくるザギの刀をさばきながら、ユーリは内心でつぶやいていた。とにもかくにも、スピードこそがこのザギという男の最大の武器だった。一撃《いちげき》の重さは、たとえばユーリの友人であるあのフレンほどではない。しかし、速度と手数の多さが尋常ではない。矢継《やつ》ぎ早に攻《せ》め立て、相手を防戦一方に追い込み、隙《すき》が生まれたところで敵の急所を斬る——おそらく、そういうスタイルなのだろう。ユーリとて気がつけば攻撃《こうげき》よりも防御《ぼうぎょ》の姿勢をとることが多くなっている。

——だが。

再び弧《こ》を描《えが》いてユーリの首筋に迫《せま》るザギの刃《やいば》。

——それならそれで、こういうやり方もあるんだよ！

ユーリは相手の斬撃を立ったまま受けるのではなく、逆に自ら踏み込んで受け止めた。いや、それはもはや受け止めるというより、斬《き》り払《はら》うと表現したほうが正しかったのかもしれない。ザギの刀筋に合わせ、こちらも最大限の力をこめて振《ふ》るわれたユーリの剣。大きく後方に弾《はじ》け飛んだのはザギの刀だった。純粋な力の差だ。相手の攻撃が速くはあっても軽いのであれば、そこにより以上の重い一撃を叩《たた》きつけてやればいい。そして、こうすることによって、

「はっ！」

ザギの右腕《みぎうで》が跳《は》ねあがり、その流れるような動きも一瞬《いっしゅん》止まっていた。開いた脇《わき》。そこにユーリは腕《うで》をひねり、剣の軌道《きどう》を変えて、再び一撃を叩きこむ。かろうじてザギが後ずさり、致《ち》命傷《めいしょう》だけはかわす。だが、完全ではない。斬り裂《さ》かれた脇腹《わきばら》から血がしぶく。

「ぐあっ」

この二人の力量を比べてみると、かつて帝都《ていと》ザーフィアスで戦ったときは、おそらく戦闘経《せんとう》験の豊富さでザギのほうがほんのわずか上回っていたことだろう。帝国《ていこく》の騎士《きし》だったとはいえ、ユーリは騎士団に所属していた期間はそれほど長くなく、また戦いに明け暮れる毎日を送っていたわけではない。対して、ザギは生粋《きっすい》の暗殺者だ。日常的に血を見る生活を送っていた者とそうでない者とでは、どうしても神経の研《と》ぎ澄《す》まし具合に差が出る。

しかし、それは以前の話であった。あのあと、ユーリは結界魔導器《シルトブラスティア》によって守られたザーフィアスを離《はな》れ、危険な魔物《まもの》が徘徊《はいかい》する街の外を何日も旅してきた。騎士団をやめ、下町の生活を続けることによっていくらか鈍《にぶ》っていた戦闘の感覚も完全に戻っている。そうなると、あとは条件さえ五分であれば、純粋に戦士としての資質と力がものを言う。そして、その部分において、ユーリは、

「双牙掌《そうがしょう》っ！」

体勢の崩《くず》れたザギにユーリがさらに踏《ふ》みこんだ。今度は騎士団仕込みの剣技《けんぎ》を放つ。襲《おそ》いかかる矢のような突《つ》き。ザギの左腕《ひだりうで》をものの見事に貫《つらぬ》く。手から離れ、甲板《かんぱん》の上に落ちるザギの

刀。

資質と力においてはユーリがザギを上回っていた――。

つまり、そういうことだった。

「ぐぅああああああああああっ！」

叫《さけ》び声と共にザギがよろよろと甲板の上を後退し、血の噴《ふ》き出す左腕を逆の手で押さえた。

「痛ぇ……」

ぼそりとつぶやくように言うザギに向かって、ユーリは剣を構えたまま静かに告げた。

「勝負あったな」

「う……オ、オレが……」

うめいたザギは一度、下を向いた。続いてユーリの耳に聞こえたのは意外なものであった。

低く、しかし、紛《まぎ》れもない愉悦《ゆえつ》がこめられた笑い声。

「……ふ、ふふふ。アハハハハハハハハッ……」

ザギの顔が上がった。

「貴様っ！　強いな！　強い、強い！　覚えた覚えたぞ、ユーリ！　ユーリィッ！」

「………」

「おまえを殺すぞ、ユーリ！　切り刻んでやる。幾重《いくえ》にも！　動くな。じっとしてろよぉ！」

狂気《きょうき》すら感じさせるザギの言葉に、ユーリは何も答えなかった。先に言ったようにすでに勝負はついているのであった。その証拠《しょうこ》に、ザギはまだ無事な右腕で足元に落ちていた剣《けん》をなんとか拾い、振り上げようとするが、その体はゆらゆらと揺《ゆ》れている。すでに、あの超絶《ちょうぜつ》的なスピードもなければ、変則的な刀技を繰《く》り出す力も残っていないだろう。

「さあ昇《のぼ》りつめようぜえええええ、ユーリィィィィィィ！」

絶叫《ぜっきょう》と共にザギの体は二歩三歩と後ろに下がり、ついにはぐらりと傾《かたむ》いて、そのまま船の縁《へり》から海に落ちていった。海面を叩く音がして、水しぶきが上がる。

ユーリはしばしザギの姿が消えた剣の先をじっと見つめていたが、そこで、ようやく一つ息をつき、剣を鞘《さや》に納めた。そこに、こちらもあのバルボスと名乗った男の手下たちを術でなぎ倒した魔導士のリタが近寄ってきた。

「ずいぶん気に入られたみたいね」

「嬉《うれ》しくも何ともないけどな」

リタの素《そ》っ気ない言葉にユーリも肩《かた》をすくめて応じた。

「ま、二度と会うこともないだろ」

「どうだか。ああいうのって、しつこいわよ。とどめを刺《さ》さなくて良かったわけ？」

「いちいち降りて捜すのも面倒《めんどう》だ。あれで生き延びてまた襲ってくるようなら、改めて相手をしてやればいいさ。それより――」

そこで、ユーリは鼻をひくつかせた。

「何か妙《みょう》な臭《にお》いがするぞ」

「言われてみれば……」

とたんに爆発《ばくはつ》音と共に、彼らの足元が大きく揺れた。ユーリやリタとは離れたところにいたカロルが「わっ」と手にした大斧《おおおの》を支えに足を踏ん張る。

「な、何っ……？」

「後ろです！」

エステルの叫びに全員が言われた方角を振《ふ》り返った。船の後方部。もくもくと黒煙《こくえん》が上がっている。そして、周囲に漂《ただよ》っているのは、間違《まちが》いなく火薬の臭い。

さすがにユーリが舌打ちをした。

「あの野郎《やろう》……」

おそらくはラゴウかバルボスの仕業《しわざ》だろう。ユーリたちを始末する目的か。それとも、この船に積んである物を他人の目に触《ふ》れさせるのはまずいと思って海の底に沈《しず》めるためか。とにかく船を離れたときにはすでに仕掛《しか》けを作動させていたのだ。まだ自分の部下たちがそこにいたにも拘《かか》わらず。

「ま、まさか、沈むの⁉」

「海へ逃《に》げろっ！」

ユーリの指示を聞いて一行が走り出そうとした。だが、そのとき、

「……げほっ、げほっ……。誰《だれ》かそこにいるんですか？」

かすかな声がした。閉《と》ざされた船室の扉《とびら》の向こうからだった。一番近くにいたエステルの足が止まり、扉へ向かおうとする。だが、それをユーリが素早《すばや》く駆《か》け寄って腕《うで》を掴《つか》み、引き戻《もど》した。

「ユーリ!?」

エステルの問いかけには答えず、ユーリは無言のまま一人で船室の中に飛びこんだ。そこに再度の爆発音。さらに船が大きく傾く。

「うっ……ユーリッ！」

「エステリーゼ！　ダメ！」

ユーリのあとを追おうとしたエステルの手を今度はリタが掴んだ。

「で、でもっ……」

「ごちゃごちゃ言ってないで海に飛びこむのっ！」

無理やりエステルを引きずり、リタが少女を海に突き落とす。そして、自分も同じように甲《かん》板《ぱん》を蹴《け》って、身を躍《おど》らせる。

しばしの間を置いて海上に響《ひび》いた三度目の爆発。

瞬間《しゅんかん》、ついに耐《た》えきれなくなったのか、船は中央部から真っ二つに引き裂《さ》かれ、ゆっくりと

海に沈んでいった。

波間に船の残骸《ざんがい》が浮《う》かんでいる。

その一つにつかまり海上を漂いながら、カロルは声を張り上げた。

「みんな、大丈夫《だいじょうぶ》⁉」

返事は存外近くからした。

「わ、わたしは平気です」

「こっちもまあ一応」

エステルとリタがカロルと同じように木の破片《はへん》につかまり、さらにはラピードがエステルのそばでごく平然とした仕草で水をかいている。しかし、

「ユーリは……？」

「…………」

エステルの問いに答えられる者は誰もいない。

「そんな――」

重苦しい空気が周囲に満ちる。だが、そこへ、

「……？　わわっ！」

驚《おどろ》くカロルの目の前で、ざばりと海水が割れ、見慣れた黒髪《くろかみ》が顔を出した。しかも、一人ではない。腕にはもう一人、やや小柄《こがら》な人間を抱《だ》きかかえている。

「ユーリ！　よかった……」

素直《すなお》に歓喜《かんき》の声をあげるエステル、逆にリタはふんとそっぽを向く。当のユーリは口からぶっと海水を吹《ふ》き出してみせた。

「ふぇー、しょっぺーな。大分飲んじまった」

「誰なの、それ」

カロルがたずね、ユーリは「さあな」と答えた。

「連中の仲間って感じじゃなかったから、とりあえず助けてはみたんだが」

言いながら、ユーリは腕に抱いたその人間を、カロルがつかまっている木片の上に寄りかからせた。少年のようだった。どうやら意識を失っているらしい。ただ怪我《けが》をしているというわけでもなさそうだ。そして、いぶかしげにその姿を見ていたエステルが不意に叫《さけ》んだ。

「ヨーデル!?」

「ん？　何だ。知り合いか？　エステル」

「あ……い、いえ、その……」

エステルが言葉に詰《つ》まる。怪訝《けげん》そうに一同がその姿に目をやったところで、彼ら全員の耳に波を切る船の音が聞こえた。振《ふ》り返ってみると、たったいま沈《しず》んだラゴウの船とは別の船が港のほうからこちらへ近づきつつある。舳先《へさき》に立っているのは金の髪《かみ》をした帝国《ていこく》の騎士《きし》だった。

「どうやら平気みたいだな」

離《はな》れた船の上から騎士、フレン・シーフォにごく冷静な声をかけられ、ユーリは思わず苦笑《くしょう》した。

「ったく、気軽に言ってくれるぜ」

ユーリのそばに相棒のラピードが泳いで近寄ってくる。カロルが「ぶしっ」とくしゃみをし、エステルは何やら複雑そうな顔をしていて、リタはぐっしょりと濡《ぬ》れた自分の前髪《まえがみ》をうんざりしたようにつまんでいた。ひとまず危機は去ったというべきなのであろう。

ただしである。

無論、事件そのものはそれで全《すべ》て終わりというわけではなかった。

＊

「執政官《しっせい》を逮捕《たいほ》できない……だと？」

数日後のことだった。

天候が回復した海を渡《わた》り、海峡《かいきょう》を挟《はさ》んで西側、もう一つの港町であるカプワ・トリムにユーリら一行は到着《とうちゃく》していた。そこで、同じくカプワ・トリムに着いたフレンから「少し話しておきたいことがある」と言われ、フレンが宿泊《しゅくはく》する宿に集まったのである。

ユーリに問われ、フレンはさすがにやや暗い顔をしながらも、「ああ」とはっきりうなずいた。

「逮捕できるだけの証拠《しょうこ》がない」

「ちょっとちょっと」

思わず口を挟んだのはリタだった。

「屋敷《やしき》にあったあの魔導器《ブラスティア》の件はどうなったのよ。れっきとした証拠品でしょ」

部屋に置かれたソファの横に立ったフレンは、そんなリタにちらりと目を向けた。フレンの傍にあるソファにはどういうわけか一人の少年が座っている。あの少年だった。ラゴウの船からユーリが助け出した少年。

リタの顔を見つめ、フレンがおもむろに口を開いた。

「君なら想像はつくと思うのだが。アスピオの魔導士、リタ・モルディオ」

リタはむっと口をつぐんだ。フレンは続けた。

「天候を操《あやつ》る魔導器《ブラスティア》……だが、あれが本当にカプワ・ノールの天候を左右していたのかどうか。破壊《はかい》されたいまとなっては、実験してそれを立証することもできない。極《きわ》めて疑わしいとしてもだ。確証が得られない以上、それを証拠にはできない」

「…………」

「加えて、魔導器《ブラスティア》の入手経路や構成術式を調べることも困難になってしまった。せめてもう少し破壊の程度が軽いものだったら……魔核《コア》や筐体《コンテナ》を徹底《てってい》的に洗い直すこともできたんだが」

フレンの言葉を聞いて、ぎりっとリタは奥歯をかんだ。

「あのバカドラ……今度見かけたら、ただじゃおかない」

「で、でも」

今度はカロルがフレンに言った。

「屋敷の地下室のことはどうなるの？　ボクらは見たんだよ。あのラゴウってやつが、あそこに街の人を放りこんで、それで――」

「…………」

フレンがさらに暗い顔になって口をつぐんだ。ユーリは珍《めずら》しくも低い声に問い詰める気配を漂わせて呼びかけた。

「フレン」

それでもフレンは黙《だま》りこんでいたが、やがて、静かに述べた。

「執政官は我々騎士団の事情聴取《ちょうしゅ》に対して、そんなものは知らないと証言している」

「そんな！」

言いかけたカロルの声にかぶせるようにして、フレンは言葉を重ねた。

「実際、地下室から君たちの証言を裏付けるようなものは出てきていない。……おそらく、ラゴウの手の者が証拠を隠蔽《いんぺい》してしまったのだろう。そして――」

続く言葉をユーリが引き取った。

「オレは札付きの賞金首。そんなやつの証言と、帝国《ていこく》の執政官様の証言じゃ、『法』がどちらを優先するか決まっている、か?」

「…………」

「悪党を守るとしても、法は法か。ま、お前としてはそう言うしかないんだろうな」

皮肉のスパイスを存分にきかせたユーリの声を聞いても、フレンはやはり黙ったままだった。

そんな友人を苛立《いらだ》たしげに見てから、やがてユーリはふっと一つ息をついた。その場で踵《きびす》を返し、

「目の前で困ってる連中をほっとく……帝国はあいかわらずだな。気分悪いから、もう行くわ」

部屋の出口に向かってユーリが歩き出す。友人の後ろ姿をフレンはじっと見ていたが、ユーリの手がドアノブにかかったところで、ようやく口を開いた。

「ユーリ……そうやって帝国に背を向けて、何か変わったか?」

ユーリの足と手が止まった。

「悪法だけが法じゃない。人々が安定した生活を送るためにも、帝国の定めた正しい法は必要だ」

ユーリは険しい顔で振《ふ》り返った。

「けど、その法がいまはラゴウみたいな糞野郎《くそやろう》を許してんだろ」

「だから、それを変えるために僕たちは騎士《きし》になった」

フレンが言い、ユーリはさらに眼差《まなざ》しを鋭《するど》くした。

「下から吠えているだけでは何も変えられないから。手柄《てがら》を立て、信頼《しんらい》を勝ち取り、帝国を内部から是正《ぜせい》する……そうだったはずだろう、ユーリ」

「……だから、出世のために、ガキが魔物《まもの》のエサにされんのを黙って見てろってか？　下町の連中が厳しい取り立てにあってんのを見過ごすのかよ！」

ユーリの声が激しさを増した。

「それができねえから、オレは騎士団をやめたんだ」

知ってるよ、とフレンはあくまでも冷静にうなずいた。

「けど、やめて何か変わったか？」

「！」

「騎士団に入る前と何か変わったのか？」

ユーリは答えなかった。にらみつけるような一瞥《いちべつ》をフレンにくれたあとで、再び背を向け、今度こそ部屋を出ていく。

ばたんとドアが閉まる音だけがあとには残った。

「……また、やってしまった」

不意にフレンがそんなことをぽつりとつぶやいたのは、ユーリが部屋を出ていってから、しばしの間を挟《はさ》んでのことであった。

「僕はただ、ユーリに前に進んでほしいだけなのに……。いつまでもくすぶっていないで」

「あの、フレン……」

部屋に残っていたエステルが少し心配げな眼差しでそんなフレンを見た。それに対し、フレンは軽く自嘲《じちょう》気味に首を振ってから、エステルに頭を下げた。

「お恥《は》ずかしいところを」

「いえ。わたしは別に――」

エステルもあいまいに言って口を閉《と》ざす。そこへリタが声をかけた。

「ところで――それはそれとして、一つ聞きたいんだけど」

言いながら、リタの視線がソファに向けられた。ちょこんと座っているのは例の少年だった。輝《かがや》くような金の髪《かみ》。わりと可愛《かわい》らしい顔立ちをしていて、ゆったりとした緑色の長衣を着ている。

「そいつ、何者？」

ラゴウの船から助け出して以来の再会であった。あのとき、意識を失っていたこの少年は目覚めたあと、自分を救い出してくれたユーリや一行に礼こそ述べたが、彼らに名乗ることはしていなかったのである。

「この方は……」

言いかけてから、フレンは一度首をひねり、少年と、そして、エステルとも視線をかわす。

少年がうなずき、エステルも同じように首を上下させてから、エステルがリタとカロルに向き直った。

「この方は、次期皇帝《こうてい》候補のヨーデル殿下《でんか》です」

「へ？」

ぽかんとして声をあげたのはカロル。さすがにリタも目を丸くする。

「またまた……エステルは」

ぎこちない笑《え》みを浮《う》かべてカロルがエステルを見るが、エステルのほうは笑わない。そして、フレンも。

「……って、あれ？　あの、まさか……本当に？」

「あくまでも候補の一人ですよ」

穏《おだ》やかに口を開いたのは当の少年——ヨーデルであった。そして、なぜかちらりとエステルに目線を向ける。

エステルは逆に目をそらした。

「本当なんだ」

と、フレンが二人の横から口添《くちぞ》えした。

「この方は先代の甥御《おいご》にあたられるヨーデル殿下だ」

「ほ、本当に⁉」

「はい」

カロルの問いかけに、ヨーデルはやはり笑顔で答え、それから丁寧《ていねい》に礼をした。

「改めて、あなた方にはお礼を言わせてください。助けていただいて、ありがとうございました」

そこで、次期皇帝候補と紹介《しょうかい》された少年はわずかに首をかしげてみせた。

「本当は、彼にも同じことをお伝えしたかったんですけどね」

彼——それは無論、実際に少年を救いだすのに危険を冒《おか》したユーリのことを言っているのだろう。

＊

バンッという音は、拳《こぶし》と壁《かべ》がぶつかって生まれたものだった。宿屋の裏口を出たところにあった門の壁に、ユーリが自分の拳を叩《たた》きつけた音。

ユーリはしばらく壁を殴《なぐ》った姿勢のままでいたが、やがて拳を元に戻《もど》すとその場で後ろを向き、壁に寄りかかるようにして座りこんだ。

「……ったく」

半開きになった唇《くちびる》から小さなつぶやきが洩《も》れた。

「痛いところをつきやがって……」

――騎士《きし》団に入る前と何か変わったのか？

ああ……。

分かってる。オレにも分かってるんだよ、フレン。

何も変わってねえ。オレも、オレの周りも。だがな。それでもオレはお前のようには、お前と同じ道には――。

ぼんやりとユーリは頭上を見上げる。

雲一つない青空だけがそこにあった。

続く

●初出一覧

序……………………「テイルズ オブ マガジン」二〇〇八年Vol.2
一 帝都《ていと》から……………「テイルズ オブ マガジン」二〇〇八年Vol.2
二 花の街……………「テイルズ オブ マガジン」二〇〇八年Vol.3
三 剣武二人・前編…………「テイルズ オブ マガジン」二〇〇八年Vol.4
四 剣武二人・後編…………「テイルズ オブ マガジン」二〇〇九年Vol.5

テイルズ オブ ヴェスペリア I

著/岩佐《いわさ》まもる
原作/バンダイナムコゲームス

角川文庫 15544

平成二十一年二月一日　初版発行
発行者―井上伸一郎
発行所―株式会社角川書店
東京都千代田区富士見二―十三―三
電話・編集（〇三）三二三八―八六九四
〒一〇二―八〇七八
発売元―株式会社角川グループパブリッシング
東京都千代田区富士見二―十三―三
電話・営業（〇三）三二三八―八五二一
〒一〇二―八一七七
http://www.kadokawa.co.jp
印刷所―旭印刷　製本所―BBC
装幀者―杉浦康平

S 210-1　ISBN978-4-04-422318-2　C0193

角川文庫発刊に際して

角　川　源　義

第二次世界大戦の敗北は、軍事力の敗北であった以上に、私たちの若い文化力の敗退であった。私たちの文化が戦争に対して如何に無力であり、単なるあだ花に過ぎなかったかを、私たちは身を以て体験し痛感した。西洋近代文化の摂取にとって、明治以後八十年の歳月は決して短かすぎたとは言えない。にもかかわらず、近代文化の伝統を確立し、自由な批判と柔軟な良識に富む文化層として自らを形成することに私たちは失敗して来た。そしてこれは、各層への文化の普及滲透を任務とする出版人の責任でもあった。

一九四五年以来、私たちは再び振出しに戻り、第一歩から踏み出すことを余儀なくされた。これは大きな不幸ではあるが、反面、これまでの混沌・未熟・歪曲の中にあった我が国の文化に秩序と確たる基礎を齎らすためには絶好の機会でもある。角川書店は、このような祖国の文化的危機にあたり、微力をも顧みず再建の礎石たるべき抱負と決意とをもって出発したが、ここに創立以来の念願を果すべく角川文庫を発刊する。これまで刊行されたあらゆる全集叢書文庫類の長所と短所とを検討し、古今東西の不朽の典籍を、良心的編集のもとに、廉価に、そして書架にふさわしい美本として、多くのひとびとに提供しようとする。しかし私たちは徒らに百科全書的な知識のジレッタントを作ることを目的とせず、あくまで祖国の文化に秩序と再建への道を示し、この文庫を角川書店の栄ある事業として、今後永久に継続発展せしめ、学芸と教養との殿堂として大成せんことを期したい。多くの読書子の愛情ある忠言と支持とによって、この希望と抱負とを完遂せしめられんことを願う。

一九四九年五月三日